雪花菜飯

小料理のどか屋 人

倉阪鬼一郎

時代小説

二見時代小説文庫

雪花菜飯《きらずめし》――小料理のどか屋 人情帖5

目次

第一章　雪花菜飯《きらずめし》

一

「いいお日和《ひより》だね、のどか」

表で声がした。

「そうやってなめてあげてるんだ、かしこいね」

「いつも親子でいるんだ」

「仲良しだね」

見世《みせ》の外の声は、のどか屋の厨《くりや》にも届いていた。時吉《ときき ち》とおちよが顔を見合わせてほほ笑む。

元は三河町《みかわちょう》にあった小料理のどか屋は、あいにくなことに先の大火で焼けてしまった。ずいぶんと難儀をしたが、ここ岩本町《いわもとちょう》の角見世《かどみせ》を借り、一からやり直すことになった。

前の見世ではかたちの上ではただの手伝いだったおちよとは、晴れて夫婦《めおと》になった。これからはさらに絆《きずな》を強めて、のどか屋を切り盛りしていくことになる。

大火の際にはぐれてしまった看板猫ののどかとは、幸いにも再会することができた。ずいぶん心配したのに、のどかはそのあいだに牡猫とよろしくやっていたようで、子を身ごもっていた。

ほどなくして、のどかは子猫を産んだ。七匹産んだうち、残念ながら二匹は育たなかった。時吉とおちよは近くの空き地に埋めてやった。

のどかは茶と白の縞がきれいな猫だ。腹から足にかけては白いが、前足だけは茶が入っている。肉球はきれいな薄赤だ。愛嬌のある顔立ちで、見ているだけで心がなごむ。

残った五匹の子猫は次々にもらわれていった。縞猫は福をもたらすと言われる。そのせいで、のどかに似た柄《がら》のある猫は、招き猫よりご利益《りやく》があるだろうということで、料理の兄弟子《でし》がまずもらっていった。

のどかを孕《はら》ませたのは黒猫だったらしく、真っ黒な猫もいた。験《げん》が悪いと言って嫌う者もいるが、越後あたりでは烏猫と呼んで珍重されるらしい。この真っ黒な子猫は、そちらのほうから師匠の見世に修業に来た弟子が引き取ってくれた。

残るは三匹。

どういう血の按配《あんばい》か、鯖《さば》みたいな柄の猫もいた。これはおたえという女と、そのつれあいの左官がもらってくれた。

二月の大火のおり、前ののどか屋から逃げる途中、おちよは柳原《やなぎわら》の土手で産気づいているおたえに出くわした。見知り越しの医者の青葉清斎《あおばせいさい》とその妻で産科医の羽津《はつ》とともに、火から逃げているさなかに産気づいて苦しんでいるところを、おちよが手を握って助けたといういきさつがあった。

おたえは無事、男の子を産んだ。しばらくは産後の養生もあり、なかなか岩本町ののどか屋へ顔を出すことができなかった。左官の大助《だいすけ》も、大火のあとは建て直しの仕事が大車輪でろくに休みもとれなかった。

それやこれやですっかり遅くなってしまったとわびながら、まだ若い夫婦はのどか屋ののれんをくぐった。

おたえの背には、あのとき生まれた息子の泰平《たいへい》が負われていた。もう大火も災いもない泰平な世の中であってほしいという願いをこめてつけられた名だ。

「すぐお礼にあがらなきゃならねえところを、ばたばたしていてずいぶんと遅くなってしまいました。面目ありません。その節は、こいつがほんとにお世話になりまして」

背に屋号を染め抜いた紺の半纏《はんてん》を粋にまとった左官は、そう言って深々と頭を下げた。

「赤子の顔立ちを見るなり思ったけど、やっぱり男前の旦那さんだったわね」

おちよがおたえを冷やかした。

時吉とおちよは、かわるがわる泰平を抱いた。赤子のぬくみが手に心地よかった。

ちょうど一枚板の席が空いていたから座ってもらい、大助には酒も出した。茗荷《みょうが》が出回りだしたころだったので、一風変わった田楽《でんがく》にした。

さっと湯にくぐらせて串に刺した茗荷に味噌をつけ、あぶって仕上げる。味噌に唐辛子をほどよく交ぜれば、恰好《かっこう》の酒の肴《さかな》になった。

それやこれやで話が弾みだしたころ、のどかが子をつれて戻ってきた。

「おっ、猫だな」

大助がすぐさま言った。

「赤さんがいらっしゃるのにどうかと思うんですけど、お望みでしたら一匹差し上げますよ」

　おちよが笑顔で言った。

「いいんですかい？　おいらは生まれたときから猫につらを踏まれながら育ったんで。米を欠かしたことはあっても、猫を欠かしたことはあんまりないんです」

「でも、前に飼ってた猫は去年亡くなりまして。そろそろ次のを飼いたいと思ってたんですよ。この子に爪を立てたりしなけりゃ、と」

　おたえは胸に抱いた赤子を両手で揺らした。

「うちの子はどれもぼうっとしてるので、たぶん平気でしょう。お好きなのをお持ち帰りください」

　見世の土産みたいな調子で、時吉は言った。

「でかいのは駄目ですかい？」

　若い左官は、子猫の首筋をなめてやっている親猫を指さした。

「あれはうちの福猫ですから、ご勘弁を願います」

「ああ見えても、のどか屋を救ってくれたこともあるので」

「はは、戯《ざ》れ言《ごと》ですよ。なら、おめえはどれがいい？」

「そうねえ……お料理屋さんの猫だから、鯖がいちばんおいしそう」

おたえがそう言ったから、のどか屋に笑い声が響いた。

残るは、二匹。

どちらも白と黒のぶち猫だったが、一匹は模様が面妖で、どうも盗っ人が頬被りをしているように見えた。これではさえないからたぶんもらい手はないだろうと思いきや、岩本町に移ってから顔を出すようになってくれた男が手を挙げてくれた。

角見世ののどか屋から一町（約一〇九メートル）も離れていないところの軒下に、一見したところでは何のことか分からない看板が吊るされている。

実のようなまるいものが七つ重なっている看板だ。種を明かせば、これは七＝質という判じ物だった。なかには「質」という木札を下げている見世もあるが、出入りする客が人の目を気にするから、判じ物のような目印にすることも多かった。

その質屋、萬屋《よろずや》のあるじの子之吉《ねのきち》は昔風の堅いあきないぶりで、曲がったこともあこぎなこともいっさいしないというもっぱらの評判だった。そろそろ初老の年配だが、背筋は申し分なく伸びており、あきないの正しさがその姿に表れていた。

近いこともあり、萬屋が休みの日にはよく顔を出してくれたが、子之吉はいたって静かな酒だった。

檜《ひのき》の一枚板に座る客はさまざまだ。地元《ところ》の職人衆などは次から次へと言葉がぽんぽん飛び出す。それを受けて、厨からもただちに返さなければならない。かなりせわしない酒だ。

逆に、ときどき物思いにふけりながら、静かに呑むのを好む客もいる。そういう客には、むやみに話しかけないようにしていた。ひとたび居心地が悪いと思ったならば、客はたやすく離れてしまう。

子之吉は心静かに呑む男だった。めったに笑うこともない。あまり明るくて能弁な質屋というのも考えものだが、ずいぶんと寡黙な男だった。何か影を背負っているようにも感じられた。

実際、その影については、町の者は何か知っているようだった。新参者ののどか屋の二人はまだ耳にしていないが、あえて詮索することはない。子之吉が何を背負っているのか、やがては分かるだろうと、それくらいに考えていた。

その子之吉が、風采の上がらない子猫をもらってくれると言う。

「猫に鼠じゃ、相性が悪そうですが、頂戴《ちょうだい》できればと」

珍しくうっすらと笑みを浮かべて、子之吉は言った。

「ちょいと陰気な面構えの猫ですが、平気でしょうか」

「なに、質屋には似合いです」

「そういうことでしたら、喜んでお譲りします」

「たまには見世番を代わってもらうことにしましょう」

「お客さんがびっくりしますよ」

おちよが笑った。

そんなわけで、最後に残った一匹をのどか屋で飼うことになった。

せっかく産んだ子猫を一匹ずつよそへやられてしまったのどかは、不服そうな様子にも見えたが、ほどなく残った子猫に愛情を注ぎはじめた。

この牡《おす》のぶち猫も柄がいささか妙で、顔の半分だけ黒い覆面をかぶっているように見えた。ただし、目の周りだけは白い。そのさまは、四方を山で囲まれた時吉の故郷、大和梨川《やまとなしがわ》によく似ていた。

そこから採り、名を「やまと」と名づけた。

母猫と子猫のねぐらは、表の酒樽の上につくってやった。木箱を時吉が按配し、暖かそうな布を入れてやると、それぞれの臭いをつけて中で寝るようになった。

ただし、のどかな日和《ひより》にかぎられる。風が冷たいときは見世に入り、居心地のいいところを見つけて寝ていた。

こうして、のどか屋に看板猫が増えた。

二

「やっぱり、七夕《たなばた》にはそうめんだね」

一枚板の席で、季川《きせん》が言った。

大橋《おおはし》季川は、時吉の師でおちよの父である長吉《ちょうきち》が浅草の福井町で営む長吉屋の常連だった。その縁で、前ののどか屋にも足しげく通《かよ》ってくれた。もともとは武士だったらしいが、隠居して久しく、いまは俳諧師をやっている。そちらのほうでは、おちよの師匠だった。

季川はのどか屋の知恵袋だ。縁者のいない岩本町に移っても、変わらず足を運んでくれるのはありがたかった。

「どちらかって言うと、あったかいそうめんのほうが好きなんですがね、わたしゃ。でも、こと七夕となると、やっぱり冷やっこいほうがよござんしょう」

そう言ってぼっち盛りにしたそうめんをつるっと啜ったのは寅次《とらじ》、こちらに移ってからの新顔だ。

もっとも、岩本町では寅次のほうが古顔だった。なにしろ、三代にわたってこの町で湯屋《ゆうや》を営んでいる。番台にも座るから、町の衆のうわさ話はすぐ耳に入る。

のどか屋から質屋とは逆向きにしばらく進むと、矢をあしらった看板が目に飛びこんでくる。

弓射る＝湯に入る
これまた判じ物で、よくある湯屋の看板だった。名はない。岩本町の湯屋で通る。

寅次はまだ壮年で、路考茶《ろこうちゃ》の作務衣《さむえ》を好んで着ている。同じ作務衣でも時吉は渋い紺色だから、寅次が料理の兄弟子《でし》のように見えた。

「のどか屋は、冬のにゅうめんもうまいんだよ。七夕に食ったら変わり者だがね」

そう言って、季川もそうめんを啜った。

「にゅうめんってのは、あったかいやつですね？」

「ええ、播州《ばんしゅう》の下りそうめんを使ってますから、コシが違います」

「そうめんにもコシの違いがありますか」

「それはあります。麺はよろずに、芯まで茹でずに半生《はんなま》のままにするのが骨法《こつぽう》ですが、そうめんはいちばん細いもので、なかなか加減がむずかしいものです。いくら品がよくても、茹ですぎたら台なしですから」

「なるほどねえ。で、にゅうめんの具は何が入ります？」

「小海老に、三つ葉に、椎茸に、錦糸卵に、蒲鉾《かまぼこ》に……」

「いや、そのへんでやめてください」

指を折りながらにゅうめんの具を伝える時吉を、寅次は手を挙げて制した。

「そんなことを言われたら、食いたくなっちゃうじゃないですか。今日はそうめんを食う七夕なのに」

湯屋のあるじがそう言ったから、座敷の客に酒を運び終えたおちよが笑った。

同じ新たな常連でも、質屋の子之吉と湯屋の寅次はたちがまるで違った。こちらはいたって明るい酒で、よく食べ、大きな声でよくしゃべり、よく笑う。

ただ、なかなか腰が上がらず、業を煮やしたおかみが娘か息子を呼びにやらせることもしばしばあった。時吉もおちよも寅次の湯屋へ通っている。おかげで、

「長々とお引きとめして相済みません」

「いえいえ、うちの亭主がだらけてるだけで。わらべじゃあるまいし、遊びたいばっかりで。まあ、でも、のどか屋さんで油を売ってるのなら、こっちも安心なので」

などという会話が折にふれて交わされていた。

ちなみに、女房のおすまも大きな声でよくしゃべる。類は友を呼ぶと言うべきか、あの夫婦はさぞうるさいだろうと当人のいないところで笑い話になった。実際、夫婦

喧嘩になると、ずいぶん離れたところまで声が響くらしい。

「ときに、七夕にそうめんを食べるようになったのはどうしてです？」

あっと言う間に平らげた寅次が、隠居にたずねた。

「そうめんってのは、見たとおり細くて長いものでしょう？」

季川がたぐってみせた。

いまは食べよい長さにあらかじめ切りそろえて売られているが、当時はむやみに長かった。これをそのまま茹でたりしたら、たぐってもたぐってもそうめんという仕儀になってしまう。そこで、茹でるときは適当な長さに折ってやるのが常だった。

それでも、いまよりは長かった。細く長く、は無病息災につながる。

「なるほど、元気で長生きできるようにっていうわけですね」

寅次は得心のいった顔つきになった。

「それじゃ、大みそかの年越蕎麦と似たようなものかしら」

と、おちよ。

「そうだね。七夕のそうめんのほうが古いかもしれない。昔から武家の進物《しんもつ》に使われていて、織田信長《おだのぶなが》が足利《あしかが》将軍に送ったという記録があるくらいだから」

隠居がちらりと蘊蓄《うんちく》を披露したところで、やまとがひょいと厨に入ってきた。

子猫は何にでも興味を示す。ことにやまとは食い意地が張っているほうで、すきあらば食べ物をかすめ取ろうとするので油断がならなかった。

「さっき煮干しをあげたでしょ？　もうちょっと我慢しなさい」

おちよがたしなめても、そうめんの動きが面白いのか、それともつゆの香りに誘われたのか、しばらくまとわりついて離れなかった。

「今年は間に合いませんでしたが、七夕に何か湯をこしらえようかと思いましてね。今日はお知恵を拝借できないかと思ってうかがったんです」

そうめんがなくなり、子猫が表へ出ていったのをしおに、寅次がそう切り出した。

油を売っても言い訳になるようにと、湯屋のあるじが何か相談を持ちかけるのは、いまに始まったことではない。

「端午の節句の菖蒲湯《しょうぶゆ》のようなものですね？」

座敷の職人衆に出す飯の支度をしながら、時吉がたずねた。

「そうです。あれはうちでも前からやってますが、七夕のくすり湯はあんまり聞きません。それをよそに先駆けてやれないもんかと思いましてね」

「桃湯はおやんなすってるかい？」

「はい、ご隠居。夏の土用のあいだは、桃の葉っぱを湯に入れさせてもらってます」

「なら、笹の葉はどうかしら。七夕にはぴったり」

「でも、それだと名前が笹湯になっちまう。ちょいとあっちの笹湯とまぎらわしいんじゃないでしょうか、おかみさん」

「ああ、それもそうですね」

おちよはほおに指をやった。

笹湯とは、笹を浮かべたものではない。わらべの疱瘡《ほうそう》が治って十日ばかり経ったころ、米のとぎ汁に酒を交ぜ、湯に入れて全快を祝う。

「ささ」とは酒の異称だから、「ささ湯」と仮名書きにするのが筋だが、そこはそれでいつしか「笹湯」になった。七夕に笹を浮かべた湯をあつらえても、名前が笹湯だとたしかにまぎらわしい。

「それなら、笹の葉じゃなくて、竹のほうを浮かべてみたらどうかねえ。竹湯なら、ほかにないだろうから」

季川が思いついたことを口にした。

「ああ、なるほど。竹なら按配よく割って浮かべたら、湯が木場みたいな景色になりますね。木場湯でもよござんしょう」

寅次はすぐ乗ってきた。

「そういった名前は、案じなくてもそのうちお客さんたちが言い出すだろうからね」

「たしかに。こちらは竹湯のつもりでも、思いも寄らない名前を考え出してくれたりしますからね、江戸っ子ってやつは」

「この料理だってそうですよ」

時吉が示したのは、いまつくっている雪花菜飯だった。

そう呼ぶと何か豪勢な料理のように感じられるが、雪花菜とはおからのこと、何のことはないおから飯だ。座敷の職人衆から、何か腹にたまる安いものをという注文があったから、ちょうどつくっていたものを出すことにした。

おからは切らずに使えるから、「きらず」という別称が生まれた。一説によれば、豆腐屋が「空」に通じる「から」を嫌ったためだとも言われている。

雪花菜は見立てだが、そう書くと安いおからがよそいきの衣装を着たかのようで、その名前だけでなんだかうまそうに感じられてくる。

つくり方はこうだ。

ご飯は水を多めにして、やわらかめに炊く。水洗いをして空炒りをしたおからは、塩を振り、味の決め手として醤油《したじ》をたらす。

ご飯の上におからをたくさん乗せて蓋をし、しばらく蒸らす。最後によく交ぜて盛ればできあがりだ。

「時吉さんは元は武家だが、いまは『きらず』だからね」

季川がうまいことを言った。

ほどなく、雪花菜飯ができあがった。職人衆のみならず、一枚板の席の客にもふるまわれた。

「こりゃ、いくらでも入りますね。うめえなあ」

世辞ではないことは、寅次の表情で分かった。

座敷の客の評判も上々だった。

「飯が旦那で、おからが女房。お互いにいい味を出してるねえ」

「逆じゃねえのか？」

「どう違うんだよ」

「違わねえか」

「ま、どっちだっていいさ」

もう酒が入っている。話は前へ進まなかったが、べつにどうあっても進めるべき話でもない。

「わたしは西のほうの田舎の出なので、こうやって米を食い延ばす料理には小さいころから慣れ親しんできました」

　時吉は言った。

「民の知恵だねえ」

　と、隠居。

「そういう下地があるから、食うとほっとするのかもしれません」

「なるほど」

「うまくないとしょうがないですけどね。同じ米を食い延ばすにしても、茶粥なんかだとただ貧乏臭いだけで」

「はは、そりゃそうだ」

　寅次がそう言って、酒のお代わりを所望しようとしたとき、のどかを抱いて一人の娘が入ってきた。

「お、看板娘に看板猫か」

「持って帰りなよ」

　座敷から声が飛ぶ。

「表でなでてやってたら、ごろごろ言ってきたので」

　娘はそう言って、猫を土間に放してやった。

「すっかり甘えん坊になっちゃって、のどか」

と、おちよ。

「先の大火ではぐれたのが、よほどこたえたんだろう」

隠居が笑う。

「おとせ、呼びにくるのがちいとばかし早いんじゃねえか？」

寅次が不服そうに言った。

「だって、おとっつぁんじゃないと話にならないんだもん」

湯屋の娘は、髪に飾った半四郎鹿の子《はんしろうかこ》の布にちらりと手をやった。

布ばかりでなく、浴衣《ゆかた》の帯も同じ柄だった。浴衣は薄紅色で、湯上がりの肌を思わせる。

年は十四。髪を結いだしてまだ間もないが、匂い立つような娘に育ってきた。まさに看板娘だ。

「話にならないって、おすまが聞いときゃいいじゃねえかよ」

寅次はまだ不服顔で、女房の名前を出した。

「でも、引札を置かせてくれっていう相談なの」

どことなくあいまいな顔で、あたりを見回してからおとせは言った。

引札とは、いまで言えばちらしのことだ。見世のお披露目《ひろめ》をするときなどに、町で配ったりする。

「置かせてやりゃいいじゃねえか。こないだも古道具屋の引札を置いてやった」

「そいつはおいらももらったけど、あれだったらねえほうがいいな。なんだか陰気な引札でよう。仏壇を値引きされてもどうよ」

「まるで早く死ねって言われてるみてえだな」

座敷の職人衆が口々に言う。

職人衆も同じ湯屋に通っている。おとせが番台に座っているときは、ことのほかにぎわいを見せる。なかには用もないのに番台の前を何度も行ったり来たりする不届き者もいるらしい。

「だって、おとっつぁん、その引札、料理屋さんのなの。のどか屋さんの手前もあるから、おとっつぁんに決めてもらおうと思って」

おとせが少し口をとがらせて告げた。

「その料理屋ってのは、ここの角を西へ一町あまり行ったとこかい？」

職人が問う。

「そうみたいです。なんだかずいぶん物々しいお見世みたいで」

「ああ、そういえばこないだから普請をやってたな」

「へえ、あそこは料理屋になるんだ」

「たしかに、ここの商売敵だからな」

「勝手に引札を置いたりしたら、あとでおとっつぁんに叱られる。おうかがいを立てにきたのは賢いぜ、おとせちゃん」

そう言われたから、看板娘はちょいとおどけた礼をした。

「うちはかまいませんよ。ねえ、おまえさん」

すっかり女房が板についた様子で、おちよが言った。

「ええ。岩本町の料理屋はうちだけで、ほかにのれんを出してもらっちゃ困るなどという狭い料簡は持ち合わせていませんので、どうぞうちにかまわず引札を置いてくださいまし」

時吉は寅次に言った。

「さいですか。なら、お断りするのも角が立つんで」

「太っ腹だねえ、のどか屋さんは」

「商売敵ができたって、びくともしないからね」

「おだてでもなんにも出ねえぞ」

と、座敷の客たち。

「なら、雪花菜飯のお代わりでしたら」

時吉が申し出た。

「ただかい？」

「ご贔屓《ひいき》のお礼に」

「そいつぁ豪儀だ」

「やっぱりのどか屋だね」

職人衆は手を打って喜んだ。

そのあいだも、父と娘は引札について話をしていた。

「どんなやつが置きにきたんだ？」

「それが……変わった恰好で、男なのに女みたいで。ほかにお小姓みたいな人をつれていて」

「へえ。そりゃ面妖だな」

寅次は腕組みをした。

「おまえさん。その人、ひょっとして……」

おちよが声をひそめた。思い当たるふしがあったからだ。

「まさか。見世はやらないはず」

時吉はすぐさま答え、職人衆にふるまう雪花菜飯を椀に盛った。

「だれか心当たりでも?」

「いえ、人違いだと思います」

「どんなやつなのか、ちょいと気になってきたな。わざわざ呼びにきたんだ。おとせ、しょうがねえから、おとっつぁんが行ってやらあ」

「そうこなくちゃ」

「なら、また寄せてもらいます。ご隠居さん、お先に」

「ああ、またここで」

季川が手を挙げた。

おちよが座敷の職人衆に雪花菜飯をふるまっているあいだ、時吉は隠居と話をした。

「口ではああ言っても、気になるんじゃないのかい?　時さん」

「たしかに、気にならないと言ったら嘘になりますが、とりあえず同じ小料理屋ではないようなので」

「のどか屋は、大料理じゃなくて小料理ってとこが心意気だからね」

「ええ。料理人が存分に腕をひけらかせて、派手な器に盛ってお客さんに上から出すのが大料理。『どうだ、見事な腕前だろう。ありがたく食え』と皿を上から出しちゃいけない、と師匠からくどいほど教わってきましたから」

「うちでもできそうでできない。ひと味とひと手間が違う。そのあたりが小料理の味だからね」

「はい。『お口に合いますかどうか』と皿を下からお出ししたその小料理を召し上がっていただいて、心がどこかしらほっこりと温まっていただければと、それだけを念願して日々精進《しょうじん》しております」

「その心がけがあれば、商売敵ができても大丈夫だよ」

「それに、ほかに料理屋さんができるのは、こちらとしても好都合なんです」

「ほう、それはどういうわけで？」

「岩本町へ行けば、いろんな見世があって、おいしいものが食べられる。もしそんな評判が立ったら、うちもお流れを頂戴してお客さんが増えるでしょう」

「なるほど。それは考えだね」

季川は雪のごとくに白くなった髷《まげ》に手をやった。

形のいい眉も白くなっているから、まなざしがさらに柔和に見える。

「明日はよそ、今日はうち、と巡ってくださるだけでずいぶん助かります」

次の料理の仕上げをしながら、時吉は言った。

「でも、それだと毎日通っていた客が減ることになりやしないか？」

隠居はそう言って猪口《ちょく》を傾けた。

「ご隠居さんはべつとして、毎日熱心に通ってくださるお客さんもありがたいのですが、熱が冷めると、さっとよそへ行ってしまわれるかもしれません」

「熱しやすく、冷めやすいわけだ」

「ええ。それなら、たまに思い出したようにのれんをくぐってくださるほうがありがたいような気がします。まさにそうめんと同じで……」

「細く長くだね」

「そこに、さらに『丸く』を加えましょう。……お待ち」

時吉は笠間《かさま》のひねり鉢に盛った料理を差し出した。

丸牛蒡《ごぼう》の青海苔まぶしだ。

牛蒡はささがきではなく、小口に丸く切って水にさらしてあくを抜く。それからだしと醤油と酒で煮て、仕上げに青海苔をまぶす。これものどか屋らしい小料理だった。

「青海苔がかかってると、にわかに夏らしくなるね。……うまい」

隠居は顔をほころばせた。

おちよは座敷で職人衆の相手をしている。客の調子のいい声が響いてきた。

「いくらこの町に見世ができたって、のどか屋がいちばんだよ」

「おかみもこんなにべっぴんだしな」

「だれが浮気するかよ」

みな口々にそう言っていた。

「そうそう、『たまに』で思い出したんだが、ここから浅草の長吉屋さんへ行く途中に豊島町を通る。その目立たないところに、ごくたまにしか開かない見世があるんだ。そこも小料理屋みたいなんだがね」

いったん箸を止めて、隠居が言った。

「へえ……ことによると、本業の見世が休みのときにやっている見世とか。たとえば、鰻屋でも蕎麦屋でもなんでもいいんですが、本業の見世ではお出しできない料理を、その休みの日だけそこでつくっているんじゃなかろうかと」

「それも考えたが、どうもそうじゃないみたいなんだ。わたしゃここの帰りだったんで寄らなかったんだが、その見世の前を通りかかって『おや、こんなところに料理屋みたいな軒行灯が出てる』といぶかしんでたら、湯屋帰りの地元の人が教えてくれたんだよ。『この見世は、ひと月にいっぺんしか開かないんだ』ってね」

「ひと月にいっぺんですか、それはまた間遠《まどお》なことですね」

「その教えてくれた人によると、前は普通に見世をやっていたらしいんだが、いつのまにかそうなってしまったみたいだ」

「何かわけがあるんでしょうか。料理人が体を悪くしてしまったとか」

「さあどうだろうね。そこまでは教えてくれなかったから」

話はそこで一段落となった。

「今後ともご贔屓に」

座敷のほうから、おちよの明るい声が響いてくる。

「おう、毎日来るぜ」

「毎日ってわけにはいかねえな、おいらは。かかあが角《つの》を出すから」

「おいらも三日にいっぺんだ」

「なんにせよ、のどか屋をよしなにお願いいたします」

おちよの声に合わせて、時吉も厨から頭を下げた。

福猫も戻ってきた。子猫も増えた。

もう何も憂えはないはずだった。

だが、近くにのれんを出そうとしていたのは、侮《あなど》りがたい見世だった。

のどか屋に、また新たな試練の時が訪れようとしていた。

第二章　生姜天麩羅

一

岩本町に新たにできる見世は、黄金屋《こがねや》という名だった。

湯屋ばかりでなく、ほうぼうでまかれていた引札は、明くる日、客の手からのどか屋にも届けられた。

浮世絵の絵師もからんでいるらしく、なかなかに凝った絵入りの引札だった。漢字が読めない者のために、すべてに仮名が振られている。

その引札に目を通すなり、おちよの顔つきが変わった。

「当分のあいだ、すべての皿も椀もただですって？」

目をまるくして時吉を見る。

「ただ？」

料理をつくる手を止めて、時吉は問い返した。

「うん。そう書いてあるよ、おまえさん。あっ、料理だけじゃない。極上下り酒、池《いけ》田《だ》や伏見《ふしみ》の生一本《きいっぽん》が呑み放題だって」

「それじゃもうけが出ないだろう」

「出るも出ないも、ただなんだから。それに、やっぱりこれ、あの人じゃないかしら。名前はちょっと変わってるけど」

おちよは引札のあるところを指さした。

そこには絵が入っていた。

日傘を差した役者みたいな人物が、斜《しゃ》に構えてこちらのほうを見ている図だった。身にまとっているのは女小袖で、髪には派手な簪《かんざし》をさしているが、どうやら男らしい。

黄金屋金多《きんた》
そう名前が記されていた。

「たしかに、似てるな」

「きっと意趣返しに来たのよ。うちを困らせようと思って」

おちよが眉をひそめたとき、一枚板の席の客がたずねた。

「のどか屋さんのお知り合いだったんですか？」

穏やかな声で問うたのは、家主の源兵衛《げんべえ》だった。

このどか屋ばかりではない。棟割《むねわり》長屋を町内に四軒も持っている地元の顔役だ。

家主の名を取った源兵衛店《だな》は、別称を人情長屋という。隠居の季川よりひと回りほど若い源兵衛はなかなかの人情家で、外出《そとで》の棒手振《ぼてふ》りや職人が体を悪くして店賃《たなちん》が払えないときは、治るまで絶対に催促はしなかった。

それどころか、いい医者を見つけてきて、薬代を払ってやったりする。仕事がない者には見知り越しの口入れ屋を紹介してやる。縁談もいくつかまとめた。ここ岩本町で、源兵衛の悪口を言う者はいないというもっぱらの評判だった。

その人情家主の問いに、時吉はおちよの顔を見てから答えた。

「知り合いというわけでもないんですが、ひょんなことで一緒になった料理人なのじゃないかと」

「さようですか。その人が、意趣返しに来たと」

源兵衛は案じ顔になった。

岩本町に岡っ引きはいない。その代わりに、人情長屋をいくつも持つ家主がもめごとの仲裁に入ったり、自身番に顔を出したりして、悪いことが起こらないように気を配っている。案じるのは当然だった。

「いや、まだそこまでは。実際にこの目で見てたしかめないと、本人かどうかもわかりませんし」

「なるほど……とにかく、意趣返しとは穏やかじゃないからね」

「ええ。そうじゃないことを祈ります」

脳裏にある男の顔を思い浮かべながら、時吉は答えた。

黄金堂《こがねどう》多助《たすけ》とは、例の「味くらべ」で戦った。どこぞかの豪商が勧進元《かんじんもと》になり、白羽の矢を立てられた江戸の料理人たちが味くらべをする。そんな隠れた遊びがひそかに行われていた。

段取りはこうだ。

あるお題を与えられた二人の料理人が、決められた時のあいだに腕を振るい、料理を仕上げる。できあがったものは三人の吟味役が食し、どちらかに旗を挙げて優劣を決める。吟味役のなかには、紫頭巾で面体《めんてい》を隠した謎の人物もいた。やんごとないお方のお忍びのようにも思われたが、正体はいまだ明らかでない。

その「味くらべ」で戦ったおりは、時吉が黄金堂多助を下した。

派手な女小袖を着て、顔には化粧《けわい》を施し、唇に朱までさした料理人は、いかにも悔しそうだった。ともに戦った相手をたたえ、潔《いさぎよ》く次の勝負の健闘を祈ったりはしなかった。

黄金堂多助は、時吉を挑むように見て、こんな捨て台詞《ぜりふ》を吐いたものだ。

「忘れるな！」

その多助が名を黄金屋金多と改め、意趣返しのために同じ町内に見世を出す。つじつまは合っていたが、腑に落ちない思いもあった。

（黄金堂多助は見世を構えず、声がかかったときだけ出かけて先様《さきさま》の厨《くりや》で調理をする料理人ではなかったか。同じ料理はつくる気がしないと豪語していた。いつのまにか宗旨変えをしたのか。

そもそも、意趣返しのつもりだったとしても、料理も酒もただでふるまっていたら向こうのほうが先につぶれてしまうはず。もし黄金堂多助だとしたら、いったい何を考えているのか……）

「なら、手があいたら見に行ってみたらどうかしら。あたしが厨を代わるから」

おちよがそう申し出た。

「おかみさんも板場に立つんですか？」

源兵衛が驚いて問う。

「ええ、これでも料理人の娘ですから」

おちよが二の腕をぽんとたたいてみせた。

「包丁使いや笹の飾り切りなどの細工仕事でしたら、ちよのほうがよほどうまいくらいなんです」

「味は大ざっぱだって、おとっつぁんに文句を言われてますけど」

「ま、こういう料理でしたら、醤油《したじ》も味醂《みりん》も使いませんし。……はい、お待ち」

時吉はできたてを一枚板の上に置いた。

玉子お焼きご飯だ。

薄めの鍋でちりめんじゃこをさっと炒《い》り、みじん切りにした塩昆布とご飯を加えてよく交ぜる。

その上から、溶き玉子を回しかけ、ご飯になじむようにていねいに交ぜる。焼き色がついたらひっくり返し、火が通るまでまた焼く。

両面ともに狐色になったら火から下ろし、食べよい大きさに切ればできあがりだ。

具には胡麻を混ぜてもいい。

「おお、こりゃ、じゃこが香ばしい。塩昆布もいい控えの味を出してるね」

源兵衛は顔をほころばせた。おかげで、福耳がさらに福々しく見えた。

「その二つだけで味を決めています。もちろん、玉子の味もありますが」

「こんな素朴な料理でも、それなりに仕入れのお金はかかっています。なのに、当分のあいだはただだって、いったいどういうからくりなのかしら」

おちよはそう言って、また不審そうに引き札を見た。

「『よろづ飯類、酒肴《しゆこう》万種《ばんしゆ》、諸国料理、舶来《はくらい》料理、古今無双の料理人の神腕《しんわん》にてご披露いたしまする』だって、大きく出たものね。これ、当分のあいだ、みんなただでふるまうつもりなのかしらねえ」

と、首をかしげる。

「うちの店子《たなこ》のなかには、こんなことを言ってるやつもおります。『当分のあいだ』ってところにからくりがあるんじゃないかと」

「ほう、どんなからくりでしょう」

時吉がたずねた。

「当分、とはっきり期限を書いてないのが怪しい。見世の考えで、いかようにも加減ができますからね」

「ああ、なるほど。あっと言う間に終わる『当分』じゃないかと」

「さようです。ほんの一時（約二時間）で終わる『当分』で、それを過ぎたら法外な代金を取られるのじゃないかと案じてるのがおりました」

「なんだか落とし咄《ばなし》みたい。それだとうちには響かないからいいんですけどねえ」

と、おちよ。

「それから、引札の文句を深読みするやつもおりました。『当分のあいだ、すべての皿も椀もただ』、これは皿と椀のお代は取らないけれども料理のお代はしっかり取るってことだろうと、言いがかりをつけるようなことを……」

「そんなことをやったら、気の短い職人衆に打ちこわされますよ……あ、いらっしゃいまし」

うわさをすればなんとやら、揃いの半纏に身を包んだ大工衆がどやどやと入ってきた。大火の建て直しは一段落したから、ひと頃とは違い、仕事を早めにしまって昼酒にすることも多くなった。

そのうしろから、季川も入ってきた。寒い時季は十徳《じっとく》に羽織だが、今日は夏らしい麻の袖なしを着ている。

「あ、ご隠居。お先にやらせてもらってます」

源兵衛が猪口をついと上げた。

「なんの。こいつはそちらに先を越されてしまったみたいだね」

季川は引札を一枚板に置いてから、源兵衛の隣に座った。

「いまもその話をしていたんです、ご隠居。『当分のあいだ』にからくりがあるんじゃないかって」

もう顔なじみになっている源兵衛が季川に子細を伝えると、隠居はひとしきり笑顔で聞いていた。

「お座敷、お酒を大徳利で」

「はい」

「それから、六人《むったり》分、わりかた腹にたまるものを見繕ってお願いします」

「承知」

おちよがわざわざ通さなくても、注文は聞こえていた。大工衆は声が高い。座敷の声は厨まで筒抜けになる。

客はせっかちな連中だから、時吉は大わらわになった。

「わりかた腹にたまるもの」はさつま揚げにした。仕入れによって具は変わるが、つくり方はおおむね同じだった。

白身魚のすり身と山芋をよく交ぜる。今日はここに烏賊《いか》のげそを入れてこくを出した。季節によってはいんげんや空豆、あるいは銀杏《ぎんなん》などを加えることもある。

たねをこね上げるまでは難儀だが、「うまくなれ、うまくなれ」と念じながら手を動かしていく。形は俵のようにするのがいい。火の通りが違う。

仕上げのこつは二度揚げだ。まずは低温でじっくりと揚げる。こまめに返してむらなく揚げ、いったん取り出しておく。

客から所望《しょもう》されたら、油の温度を上げてからりと二度目を揚げ、生姜を添えてあつあつを出す。醬油を、ちゅ《ちゅ》と差して食せば、ほおが落ちそうになるほどうまいという評判だった。

その自慢のさつま揚げを、時吉は大車輪で揚げた。

「ちょいとわたしにも」

「なら、も一つ」

一枚板の席からも手が挙がる。

座敷の大工衆は酒も呑むから、おちよは運ぶのに大忙しだ。

六人いれば好みも変わる。さつま揚げもいいが、もうちっと軽めのものも揚げてくんなと注文が出た。

それに応えて時吉が揚げたのは谷中《やなか》生姜だった。茎を残して甘めの味噌を塗り、衣にぐらせて揚げる。油を切り、塩をさっと振って食せば、まさに口福《こうふく》の味になる。酒の肴にうってつけであることは言うまでもない。

これも一枚板の二人が手を挙げた。それやこれやで板の上がにぎやかになったあと、話はまた例の引札に戻った。

「こりゃ、ほんとに当分のあいだ、ただでふるまうつもりかもしれないね」

季川が腕組みをした。

「引札で分かりますか」

「黄金屋だけなら無理かもしれませんが、引札に助金屋弥左衛門《すけがねややざえもん》が名を出していましょう？　こいつは裕福な札差《ふださし》だから、うしろ盾についているのなら、料理屋のただのふるまいなんて屁でもないはず」

隠居は憂慮の顔つきになって引札を示した。

こう記されている。

美味かな、美味かな。

美食に飽いた我が舌をもうならせる手技《てわざ》の目出度《めでた》さよ。

天晴《あっぱ》れ、天晴れ。

黄金屋金多の料理を食さずば、一生の悔ひを残すぞよ。

蔵前《くらまえ》小通人

助金屋弥左衛門

「助金屋っていう札差はなかなかのやり手だと聞きましたが」

源兵衛が言った。

「そうだね。札差といえば旗本御家人衆に高利の金を貸し、暴利をむさぼって巨利を得ていた連中だが、当今はさすがに昔日《せきじつ》の勢いはない。なかには浪費が改まらずに倒れる札差だっているくらいだ」

「かつての十八大通《だいつう》、つまり、江戸を代表する十八人の大通人の多くは札差でしたから」

「大口屋《おおぐちや》とかだね。その点、助金屋は親の代からの渋いあきないぶりだ。大通ならぬ小通人を名乗っているのも食えないところがあるよ」

「巾着《きんちゃく》の紐が意外に堅いんですね」

「そうそう、ほかの大通の札差みたいに、馬鹿みたいな金の遣い方は親の代からしなかった。もうかった分は、水茶屋をほうぼうに立てたり、さまざまな問屋や船などを買い取ったりして、身代をさらに大きくしていったんだ。金ばかりじゃない。言葉は悪いが、人をたらすのも得意だと聞いている。いまの助金屋の息がかかっている連中は、この江戸にたんといるんじゃなかろうかねえ」

「すると、料理人の黄金屋金多もその一人だと」

いくぶん眉をひそめて、時吉が口をはさんだ。

これできれいにつじつまが合ったような気がした。「味くらべ」で戦った黄金堂多助は、自らの見世を持たず、通人たちに招かれて料理をつくっていた男だ。助金屋が上得意の一人で、このたび札差をうしろ盾として満を持して見世を持ったとすれば、ひとすじの糸がつながる。

「おそらくは。助金屋がうしろ盾についているのだとすれば、ちと厄介なことになるかもしれないね」

「普通の見世なら、ただで呑み食いさせていたらたちどころにつぶれてしまうでしょうが、助金屋にとってみたら、料理屋の一軒や二軒の持ち出しなんてびくともしないでしょうからねえ」

源兵衛はそう言って、隠居にすすめられた猪口の酒を呑み干した。

座敷の大工衆は相変わらずのにぎやかさだ。また新たな注文が入ったから、時吉は手を動かした。

今度は「つるっといけるもの」というお題だ。活きのいい烏賊が入っていれば、細く切ってそうめんに見立てたりするところだが、あいにく今日はない。そこで、やや曲はないがそうめんをこしらえることにした。

ただし、ほんのひと手間加えて、ぶっかけそうめんにした。椀にそうめんを入れてつゆを張っておく。上に乗せる具は、梅干しをたたいて食べよくしたものに、紫蘇のせん切りと大ぶりな早稲田《わせだ》茗荷の輪切り、さらに削り節と胡麻を加えた。

彩りもいいが、体の気の巡りもよくなる夏向きの料理だ。

「おお、こりゃつるっといけるぜ」

「いくらでも入《へえ》るぞ」

「冥加《みょうが》のいい縁起物だ。ありがてえ」

大工衆は口々に言った。

このにぎわいが続いてくれれば――そう思いながら、時吉は客たちの歯切れのいい言葉を聞いていた。

「のどか屋の料理は縁起物ですから。今後ともよしなに」

時吉の思いが通じたのかどうか、おちよが愛想よく言った。

「まかしときな。おっ、おめえもあいさつかよ」

棟梁格の大工が猫を見た。

やまとに続いて、母猫ののどかもひょいと座敷に上がってきた。

もちろん、猫にそんな殊勝な心がけはない。これはただ削り節の匂いにつられただけだろう、と座敷ではまた笑いになった。

「のどか屋の料理は薬膳も取り入れてるけれど、こちらも引札に医者の名前が入ってるね」

隠居が指さした。

「どこかでちらっと名を聞いたことがあります。おおかた助金屋のお抱えみたいな医者でしょう」

家主は心持ち目をすがめて引札を見た。

こう記されている。


万病の薬は食なり。

食さずんば、生きるあたはず。

黄金屋の料理は万病の薬なり。

まさに良医なり。

わがなりはひ、もはや風前のともしびなりや。

本道医　川上浄庵《じょうあん》

料理と良医をさりげなく懸け、「黄金屋の料理を食べていたら病気をしないから、本道（内科）の医者は商売あがったりになってしまうかもしれない」と歯の浮くようなことを述べていた。

「助金屋については、先《せん》に芳《かんば》しからぬうわさを耳にしてね」

「ほう、どんなうわさでしょう、ご隠居」

「本業の札差では、そんなにあくどいことはしていないようなんだ。もっとも、同業に比べてという話で、武家の困窮につけこんで上前をかすめ取るのがあきないみたいなものだがね。ま、少なくとも、真っ先ににらまれるようなことはしていない。札差の中では腰が低く、たしかに『助金屋』という名に恥じないあきないぶりらしい」

「すると、人を使ってあくどいことをやらせているとか」

「うわさだから、真偽はさだかではないがね」

隠居はそう断ってから言った。

「医者や座頭《ざとう》を使って、高利の金を貸しているという話を耳にしたことがある。いわゆる烏金《からすがね》だね」

「夜が明けて、烏がカアと鳴いたら、もう馬鹿にならない利息がついてしまってるわけですな」

「そう。助金屋はいざというときに、そういった巷《ちまた》の高利貸に金を融通してやっているらしい。脇質《わきびち》というもぐりの質屋にも息のかかっているやつが相当いると聞いたよ」

「うちの町内の萬屋さんとはえらい違いのやつですね」

「萬屋さんみたいに背筋の伸びたあきないじゃない。請け人がいなくても、質札なしでも質物をとってしまう。馬鹿息子が勝手に持ち出した家宝を売ったり、盗んだ品をさばいたり、なんでもありだ」

「そういった下々のほうまで息がかかっているとなると、全部ひっくるめたらずいぶんと大きな身代になるでしょう。それなりに経費《かかり》もいるでしょうが」

「札差はもともと武家相手のあきないだから、腕の立つ用心棒のたぐいは抜かりなくたくさん飼っているだろうね。いざこざがあったら、息のかかっている者にそいつらを貸してやるわけだ。うまく考えてるよ」

「なるほど……ともかく、そんな不浄の金をうしろ盾に開いた見世なのに、ありがたい施しをしてやるというつらをしているわけですか」

源兵衛は顔をしかめたが、また一枚板に出された谷中生姜の天麩羅を口中に投じると、すぐ表情が変わった。

隠居もさくりと食す。

「味噌の塗り加減が絶妙だね。札差の息のかかった見世なんかには、この味は絶対に出せまいて」

「ありがたく存じます。とにかく、明日は休みですから、様子を見にいってきますよ」

時吉はそう言って、座敷のほうを見た。

おちよと目が合った。

女房は一つ小さくうなずいた。

二

明くる日——。

「ちゃんと帰ってくるんだぞ」

どこぞかへつれだって出かける猫たちに声をかけてから、時吉は普請場のほうへ向かった。

のどか屋より間口の広い見世は、もうあらかたできているようだった。

その前で、ひときわ目立つ女小袖を着た男が満足げに腕組みをしていた。

やはり、あいつだった。

黄金堂多助と名乗っていた料理人だ。

金地に朱、藍、黒の派手な斜め縞が入っている。そこには「こがねや、こがねや、こがねや」と銀の文字がくどいほど散らされていた。

帯は更紗《さらさ》で、簪には光り物。とても料理人には見えない、度肝を抜くようないでたちだった。

脇には小姓のような者を従えている。主従ともに厚塗りの化粧を施しているから、いやでも目を引いた。

先に声をかけたのは、黄金堂多助改め黄金屋金多だった。

「おお、これはこれは。のどか屋の時吉さんじゃありませんか。その節は勉強させていただきました」

その節は醜い捨て台詞を吐いて去っていったというのに、黄金屋金多はわざとらしい礼をしてみせた。

「引札を見て、もしやと思って来てみた。いったいどういう料簡だ？」

「どういう料簡と申しますと？」

「なかには『味くらべ』の意趣返しで同じ町内に見世を出すのじゃないかと言う者もいてね」

「はてさて、いっこうになんのことやら……」

金多はいかにもわざとらしく首をひねった。

三十路《みそじ》をいくらか越えた男だ。化粧を施しているが、近づくとしわなどのあらが目立った。

「ここ岩本町には、春に焼け出されて越してきたばかりだ。のどか屋が先にのれんを出していたところへ、あんたがあとから来て黄金屋を開く。意趣返しと思われても致し方ないところだろう」

「へえ、のどか屋さんもこの町で見世をやっていたんですか。それは奇遇だねえ、桜《さくら》丸《まる》」

かむろ頭の小姓に向かって言う。

「はい、奇遇です」

頭のてっぺんから抜けるような声が響いた。

まったく嘘臭い芝居だった。そんなものにだまされる時吉ではない。

「まあ、いいだろう……それはそうとして、引札によれば、当分のあいだ食べ物も酒もただでふるまうそうだが」

「ええ。この町内、いや、江戸の皆さんに喜んでいただきたいと思いましてね」

しれっとした顔で、金多は言った。

「聞くところによれば、のどか屋さんも先の大火のおりには、屋台を引いて無料の炊き出しをやられたとか。わたしはそれを聞いていたく感じ入りましてねえ。世のため人のためになることをしなければと思い立って、この黄金屋を開くことにしたんです。そののどか屋さんと同じ町でのれんを出すことになろうとは、これはさだめし仏さまのお導きでありましょうぞ」

と、大仰《おおぎょう》に両手を合わせる。

語るに落ちたとは、まさにこのことだ。のどか屋が先の大火のおりに無料の屋台を出したことまで調べている。岩本町に移っているのも、重々承知のうえだろう。

「しかし、当分ただでふるまっていたら、持ち出す一方だろう」

今度は時吉のほうがとぼけて言った。

「ありがたいことに、いろいろなお大尽の料理人をさせていただいて、それなりに金が貯まりましてねえ。それで、名前もよくある貧乏臭い多助から金多に改めた次第で。で、その金を一人で貯めこんでいるのも後生が悪い。ここは一つ、江戸の皆さんに施し物をしよう、喜んでいただこうと発心《ほっしん》いたしましてね。この黄金屋をやらせていただくことにしたんです」

金多は看板を指さした。

黄金屋、といくぶん崩した洒落《しゃれ》た字で彫りこまれている。金箔を施したぜいたくな造りだ。

軒行灯《あんどん》は舶来風で、よろずに金をかけている。ちらりと見たところでは、座敷の畳もいいものを使っているようだ。藺草《いぐさ》のいい香りが表まで漂ってきた。

「引札には、札差の助金屋の名前があったが」

いつまでも猿芝居を見ている気にもならなかった。時吉はここでまっすぐ斬りこんでみた。

「ええ。贔屓にしていただいているお大尽の一人で、無理を申し上げてお言葉を頂戴しました」

金多はそうやすやすと尻尾を出さなかった。

「助金屋というのは、金貸しやもぐりの質屋を束ねたりしていて、とかくのうわさがあるようだが」

「はて、そのようなうわさは、とんと耳にしたことがありませんな」

金多が首をかしげると、簪のひらひらした飾り物も同時に揺れた。

「助金屋の金で見世を出すのじゃないのか？」

業を煮やして、時吉は問うた。金多はあわてて首を横に振った。

「滅相もない。わたしなりの考えがあって、わたしだけの金で、このたび黄金屋を始めるのです。いままでは見世を構えず、同じ料理をつくらないことを自慢にしておりましたが、いついつまでも身一つでほうぼうを渡り歩くのは少々つらくなってまいりましてね。この辺で、ちゃんとした見世を構え、いままで培《つちか》ってきた技を江戸の民にもふるまってやりたいと」

時吉はいくらか顔をしかめた。

江戸の民にふるまって「やる」という、上から皿を出す料理人を、長吉とその弟子たちはなにより嫌う。

「まあ、いいだろう。で、料理はまた『臼田《うすだ》さうす』などを使った派手な舶来物か？」

時吉は問うた。「味くらべ」で披露したのはそういう料理だった。

ほほほ、と公家みたいに口に手を当てて笑ってから、金多は答えた。

「舶来物をつくれと言われたら、そりゃいくらでもつくれますが、ここいらは職人などが多い。それはちいとばかり猫に小判でしょう」

また見下した物言いをする。

「なら、普通の料理で勝負するのか」

「普通かどうかは、客に決めてもらいましょう。ともかく、豚や鳩なんぞを毎日出しても、口が慣れない客はついてこないでしょうからね。施し物でもあるし、飯や汁のたぐいを出すことにします。まあ、おからを飯に交ぜたりするような、あんまり貧乏臭いものはうちでは出しませんが」

金多は心持ちあごを上げた。

どうやらのどか屋で雪花菜飯を出したことまで耳に入れているらしい。

「おからを侮るんじゃないよ。味付けによっては、深い味が出る」

「さようですか。それは勉強になりますねえ」

女装の料理人は殊勝な顔をつくった。

「まあ、お手並み拝見だな」

「どちらの見世を客が選ぶか、これはまことに楽しみですな。ほほ」

短く笑うと、黄金屋金多は少し挑むような感じで時吉に近づいた。

香でも焚いているのか、胸が悪くなるような臭いがふっと漂う。

「こちらも楽しみにしておこう」

長く話していると気分が悪くなってくる。時吉はきびすを返した。

数歩進んだとき、時吉の背に向かって、金多は言った。

「金を取る貧乏臭いおから飯か、ただでふるまううちの飯か、さてさて客はどちらにつくでしょうかねえ」

最後に本音が出た。

三

黄金屋の見世開きは鳴り物入りだった。

そろいの衣装に身を包んだ娘たちが、鉦太鼓《かねたいこ》で呼び込みをする。どこでどう集めてきたのか、光沢のある朱《あか》い帯を締めた娘たちはびっくりするほどの美人ぞろいだった。

しかも、目つきがどことなくとろんとしていて色っぽい。朱を引いた唇は開き気味で、うっすらと濡れているように見える。どの娘もしたたるばかりの色気を漂わせていたから、食事は家で済ませてきたのについふらふらとのれんをくぐる客も多かった。

「お代はいっさいいただきません」

「呑み食いご自由に」

「一文なしでもおかまいなく」

そのいずれ劣らぬ美人たちが口々に声をかける。

初めのうち、客は半信半疑の様子だった。

ただほど高いものはないという。何かからくりがあるのではなかろうかと、半ば腰を引きながらおっかなびっくりのれんをくぐる者もいた。

だが、一時が過ぎると、黄金屋の界隈の空気は一変した。

「ええこった。ほんとに呑み食いがただだぜ」

「おう、食った食った。あごが落ちそうな鯛飯《たいめし》が、なんとなんと食い放題だぜい」

「下り酒もお涙物だ」

「うまかったなあ、あの酒は。おいら、寿命が伸びたぜ」

ここいらでは見かけない職人衆が声高《こわだか》に言って立ち去っていった。

黄金屋が手配したさくらによる猿芝居だが、様子を見ていた地元の職人衆を動かすには十分だった。

のれんをくぐってみると、鯛の身をふんだんに入れ、茗荷をあしらった飯をいくらでもお代わりすることができた。

「いかがですか、もう一膳」

「いくらでもありますので」

鹿の子模様の手ぬぐいをかわいく髪に飾った娘たちが、とろんとした目に笑みを浮かべて声をかける。

「うめえな、この飯」

「べっぴんに運んでもらったら、なおさらうめえよ」

職人衆はたちまち相好《そうごう》を崩した。

厨は広く、金多のほかにも料理人が忙しく立ち働いていた。酒樽もふんだんにある。どれも池田や伏見の上等の酒だ。運び賃だけでも馬鹿にならないところだが、いくら呑んでも一文も取らなかった。

「ひえー、極楽極楽」

「ひょっとして、毎日これかよ」

「評判になって、そのうち列ができて入れなくなっちまうかもしれねえぜ」

半日も経てば、さくらは必要がなくなった。地元の職人衆が口々に宣伝してくれるようになったからだ。

「それにしても、うめえ酒だなあ」

「喉から胃の腑へすーっと入《へぇ》っていくからな」

「ぎやまんの猪口で呑むのも乙《おつ》なもんだ」

「切り子まで入ってるからな。普通の見世じゃ出ねえぜ」

「なかには持って帰ろうとするやつもいるんじゃねえか？」

「そりゃ、おめえだろう」

そんな調子で、早くも黄金屋の前には行列ができるようになった。

まだ往来は暑い。そこで、待ち客には冷や水をふるまった。砂糖を交ぜて甘くするのは冷や水売りでもやるが、黄金屋のは白玉がぜいたくに散らされていた。おまけに、さらっと金粉まで振ってある。出された客が驚くほどの大盤振る舞いだった。

「酒もうまけりゃ、肴もうまい」

「よっぽどいいもんを仕入れてるんだろうよ」

鰻と小芋の炊き合わせを食しながら、客たちが言った。

よく脂の乗った鰻を蒲焼きにする。これだけでもよだれが出るほどうまいが、あえて串を抜いて食べよい大きさに切る。

これに甘めに煮た小芋を添える。同じ器に盛り、互い違いに食べることによって、鰻の味がさらに深くなる。

彩りには錦糸玉子と青物を添える。この料理が桜色のぎやまんの鉢に盛って出されるのだから、町の料理屋としてはありえないほど豪勢な肴になった。

「この器はさぞかし高《たけ》えんだろうな」

「もし割っちまったら、法外な値段をふっかけられるかもしれねえぞ」

「そのまま一生どこかの寄せ場で働かされるとか」

「なるほど。たたで呑み食いさせても、それで帳尻が合うわけか」

「うめえことを考えたな」

「くわばら、くわばら」

その声を耳ざとく聞きつけた金多が、自ら次の皿を運んできた。

「もし割ったとしても、お代は取りませんので」

「えっ、そうなのかい？」

「その程度のぎやまんなら、それこそ腐るほどありますから」

金多は余裕を見せた。

「へえ、あるとこにはあるもんだねえ」

「そいつぁ恐れ入谷《いりや》の鬼子母神《きしもじん》よ」

「名前も黄金屋金多ですからね。うちの料理を食べると、金運もつきますよ。さあ、どうぞ」

と、優雅な手つきで差し出したのは、焼き帆立《ほたて》の刺し身だった。

帆立の両面を網でさっと焼く。すぐ水で冷まして切れば、中だけ生のままになる。若布《わかめ》をあしらい、山葵《わさび》醤油でいただく。

帆立を焼くとぬるっとしたところがなくなり、ぱりっと香ばしい嚙み味になる。帆立の甘さも焼けば増す。

「うめえなあ、これも」

「腕もたしかだぜ」

「今後とも、ご贔屓に」

しなをつくるような礼をして、金多は厨へ戻っていった。

「ま、これくらいの肴ならのどか屋でも出るけどな」

「味はのどか屋も引けは取らねえんだが」

「なにしろ、こっちはただだ」

「おまけに、酒が呑み放題ときた。豪儀なもんだ」

「ありがてえ施しじゃねえか」

「お運びもべっぴんぞろいだ」

「のどか屋にもいるけど、一人だけだからよう」

「ありゃ、人のかかあじゃねえか。あるじは元二本差しだ。おっかなくって、尻の一つも触れやしねえ」

「あとは猫ばかりだしよ」

「まったくだ。これからは黄金屋だな」

「おう、決まり決まり。のどか屋で銭を払って呑み食いなんかできるかよ。馬鹿馬鹿しくって」

その声は厨まで届いていた。

黄金屋金多はほくそ笑んだ。

第三章　よろず汁

一

のどか屋の座敷はがらんとしていた。
壁には本日のおすすめが貼り出されている。

利休《りきう》飯

その脇には、俳人でもあるおちよの句をしたためた短冊も貼ってあった。

江戸の夏むかしをしのぶ茶めしかな

利休飯と言われても何のことか分からないが、種を明かせば茶人の千利休《せんのりきゅう》にかけた茶飯だ。

米は濃いめの番茶で炊く。それに薬味を乗せ、澄まし汁でいただく。薬味は茗荷や海苔や葱、それに胡麻でもあればいい。

このところは茶飯に醤油《したじ》で味付けすることも流行《はや》っているが、のどか屋の利休飯は茶だけの素朴な味で炊いたものだった。

上々の仕上がりだった。茶飯だけを食すとやや物足りないかなと思わせるのが骨法《こつぽう》で、薬味と澄まし汁の衣をまとうと見違えるほど深い味が出る。

だが……。

肝心の客の姿がなかった。値はもうけがほとんど出ないところまで下げた。おちよは表で呼び込みもした。しかし、のどか屋ののれんをくぐってくれたのは、家主の源兵衛と隠居の季川だけだった。

「まったく、調子のいいこと言ってたのに、呼び込みしてるあたしの顔を見たら、こそこそと逃げるみたいに……」

おちよがほおをふくらませた。

「ま、しょうがないやね。義理とただの呑み食いを秤《はかり》にかけりゃ、大工衆も職人衆もただのほうへ釣られちまう」

利休飯が余ってしまったから家主はお代わりをしてくれたのだが、いまは箸が止まっていた。

「その点、火消衆は何より義理を重んじるからね」

と、隠居。

「ええ。ゆうべはよ組の皆さんが来てくださって賑わったんですが」

時吉が名を出したよ組の衆とは、先の大火のときに縁ができた。ただし、縄張りとは少し離れているから、毎日足を運んでもらうわけにもいかない。

「一夜明けると、このとおり」

おちよが座敷を手で示した。

そこにいるのは、のどかとやまとだけだった。えさをくれたり、喉をなでたりしてくれるいい客もいるが、なかには尻尾を引っ張ったりする剣呑《けんのん》なやつもいる。今日は邪魔者がだれもいないから、猫たちは心安んじて体を伸ばし、ぺろぺろとあちこちをなめていた。

「猫しかいないんじゃねえ」

源兵衛が苦笑した。

「かといって、うちもただでふるまうわけにもいきませんし」

「そりゃそうだ。初手から炊き出しなどをするのならともかく、見世を構えてただで呑み食いをさせるのは、どこか料簡がおかしいよ」

「ま、しばらくは風が止むのを待つしかないだろうね」

季川はそう言って、また箸を動かしはじめた。

ほどなく日が西に傾いてきた。源兵衛は長屋などの見回りがあるのでのどか屋を出た。ついでに黄金屋の様子も見てくると言ってくれたが、のどか屋の閑古鳥《かんこどり》の鳴き方を見ればおおよその察しはついた。

西のほうから茜に染まった日の光が差すと、のどか屋ののれんの色合いが変わる。それまでは墨染めのように見えていたのれんが藍色に変わるのだ。普段は気づかないほど深い色合いだった。

やがて空の藍色も闇に溶けるようになると、のれんの藍も黒に戻る。軒行灯に灯が入る。それればかりではない。これまた縁があった提灯《ちょうちん》屋がつくってくれた、「の」と一文字だけ記された提灯にも灯が入れられる。見ればほっこりするような字でという注文に、提灯屋は見事に応えてくれた。

しかし、灯りはついても、客は来なかった。

家主が去り、隠居が引き上げると、ほんとにだれもいなくなった。えさをもらうと、いくらか涼しくなった風に誘われて、猫たちまで見世を出ていってしまった。

「次のお休みの日に、おとっつぁんとこへ相談に行ったらどうかしら」

おちよが浮かない顔で言った。

「師匠に相談しても、ただの敵にはどうやってもかなわないと思うがな」

「そんな弱気だと押される一方よ。ここで踏ん張らなきゃ」

「それは分かってる。気持ちはあるんだが、踏ん張り方の加減がむずかしい」

時吉はあごに手をやった。

「客が来ないことが分かってるんだから、むやみな仕入れをしたら損がかさむ。かといって、作り置きのものばかり出すわけにはいかない。お客さんが来たら、『なるほど、のどか屋の料理はうまい。心をほっこりさせてくれる』とならせるようなものをお出ししなけりゃならないからね。そう考えると、それなりのものを仕入れないといけないんだが……」

「無駄になっちゃうかもしれないものね。まかないにもしきれないし」

「魚などを腐らせたら後生が悪い。そう思うと、仕入れをためらってしまう。そこへ魚を食べたかったお客さんが来たら、『なんだあの見世は。なんにもねえじゃないか』ということになってしまう」

「どうも悪いほうへ悪いほうへと……」

おちよがそこまで言ったとき、表のほうで話し声がした。足音もいくつか聞こえた。

だが、のどか屋へは入ってくれなかった。おちよがのれん越しにそれとなく外の様子をうかがうと、ついこないだまで座敷でのどか屋をほめていた職人衆だった。

「あの人たち、黄金屋で呑み食いしてきた帰りみたいね」

「うちの前を通るときだけ、気づかれないようにそーっと帰っていったわけか」

「そうみたい。声をかけようかと思ったんだけど、なんだか情けなくて」

おちよが珍しく弱気なことを口走った。

「そのうち、またうちにも顔を出してくれるだろう」

「でも、お情けで来てくれるのなら……そんなお情けにすがらなきゃならないのなら、のどか屋ののれんが泣くわ」

「しかし、引き下がるわけにはいかない。もしのれんをしまって、尻尾を巻いてよその町へ移ったりしたら、それこそあいつらの思う壺だ」

「じゃあ、どうしたらいいのよ。あたしはどうすればいいの？　今日だって、喉がかれるほど呼び込みをしたのよ。なのに、お客さんはちっとも入ってくれない」

「仕方がないさ」

「仕方がないって、あきらめるの？」

「あきらめはしない。とにもかくにも、慎重に仕入れをして、来てくださったお客さんには、一皿一皿ていねいに料理をつくってお出しする。それしかないだろう」

　時吉の言葉に、おちよは小さくうなずいた。

「もしそうやっていて、どうしても見世がうまくいかなかったら、のれんを下ろすしかないな。江戸は広い。またどこかでやり直せばいい」

「……そうね」

　いくらか考えてから、おちよは答えた。

「もう一度、三河町に戻ってもいいし、知らないところへ行ってもいいわ。のどか屋の料理を好いてくれる方は、どこにだって少しはいるだろうし」

「しかし、黄金屋はどう考えても無理なことをやっている。いくらうしろ盾がついていると言っても、大川の水を逆に流すような按配のふるまいだ。きっとどこかで無理が出るだろう」

　時吉がそう言ったとき、やっとのれんが開き、客が姿を現した。

湯屋の寅次と、質屋の子之吉だ。

「たまたま、そこで一緒になったんで」

二人は檜の一枚板の席に座った。

「ごらんのとおりで」

おちよが苦笑する。

「そりゃ、向こうさんはただだからね。うちの客も黄金屋でたらふく呑み食いをしてるみたいだ。引札を置いたりして悪かったなと思ってさ」

湯屋のあるじが、すまなそうな顔で言った。

「いえいえ、お気になさらず。お酒は冷やでようございましょうか」

「ああ、わたしゃそれでいいよ。萬屋さんは？」

「わたしも、冷やで」

口数の少ない質屋が答えた。

「肴は任せるよ。あったかいのでもいいや。あっと言う間に秋が立ったせいか、日が暮れたあとはずいぶんと過ごしやすくなったからね」

「ほんとに。これからはいろんなものがおいしくなります」

おちよが笑顔を見せる。客さえ入ってくれれば、それまで覆っていた顔の憂色はたちどころに晴れる。

「萬屋さんはいかがいたしましょう」

「お任せしますので」

「承知しました。ときに、うちから行った子猫は悪さをしておりませんか」

「いえ、賢い猫で、はばかりなどもしくじりません。拍子抜けがするくらいで」

「そうですか。それはなにより」

「子猫の名は、何とおつけになったんです？」

おちよが問うたが、べつに隠すようなことでもないのに、子之吉はいささかうろたえた様子で、

「いや、それは……つまらない名で」

と、妙な具合にはぐらかしてしまった。

「いつも猫はどこに？」

料理をつくる手を動かしながら、時吉が問う。

「帳場にちょこんと座っております。寝ているときも多いですが」

「そりゃ、猫だからね。始終、見世番ってわけにもいかないさ」

湯屋のあるじが笑った。

閑古鳥が鳴いているのどか屋を少しでも明るくしてやりたいという思いが伝わってきたが、むろん一人ではどうにもならない。すぐ静かになってしまう。

一方の子之吉は心静かに呑むのを好む。いかにただでも、お運び娘たちの嬌声《きょうせい》が響く黄金屋では落ち着かないものと見える。

酒に続いて、時吉は小鉢を出した。

「隠元《いんげん》の正月和えでございます」

と、青みのある美濃《みの》焼の鉢を出す。

「まだ秋が立って間もないのに、正月とは気が早いねえ」

「ちょいとした見立てですので」

「そうか……門松に見立ててあるわけですね」

子之吉が気づいた。

「さようです。隠元の白胡麻和えですが、切り口を門松に見立ててみました。そこへはらりと降りかかる白い胡麻が雪という、ささやかな趣向で」

仕入れる食材が限られているなら、味付けと趣向で、一枚でも多く見栄えのする衣を着せてやる。そのあたりが料理人の腕の見せどころだ。

「なるほど。雪景色を食べて暑気払いっていう寸法か」

湯屋のあるじがひざを打った。

「本当は羽子板や凧《たこ》も入れたかったんですが」

「凧は凧でも、海に住んでる蛸《たこ》ってのはどうだい」

「そっちの蛸は胡麻和えにはいまひとつ合わないんですよ」

そこでまたのれんがふっと開いた。

「いらっしゃいまし」

おちよが明るく声をかける。

見慣れない顔だった。むっつりとした表情の浪人風の男は、素早く一枚板と厨を見渡すと、座敷に上がりこんで座った。

「酒と……肴をありもので」

案外に高い声で告げる。

「かしこまりました。お酒の按配はいかがいたしましょう」

「ぬる燗で頼む」

「肴にお嫌いなものはございますか？」

「ああ、いや……この見世じゃ、甘いものは？」

少し逡巡《しゅんじゅん》してから、初めて来る客はたずねた。

「甘辛く煮たものなどはお出しいたしますが、甘いだけのものはございませんので、ご安心ください」

おちよはそう言ったが、客は安堵というより落胆の表情を浮かべた。

一枚板の客には、次の肴が出た。

「揚げ茄子を山椒醤油で召し上がってみてくださいまし」

「おお、こりゃいい香りだ」

寅次がさっそく箸を伸ばした。

へたを取って乱切りにした茄子を、色よくさっと揚げ、あつあつのうちに山椒醤油にからめて食べる。たれに煮切った味醂を加えると、より風味が出てうまい。

「……うまい」

質屋のあるじは、そのひと言だった。

ほかの追従《ついしょう》はいらない。このひと言を聞きたいがために、毎日のれんを出している。

座敷の客にもおちよが運んだ。酒も注いだ。

だが、格別何も言わなかった。のれんをくぐってくれたのはありがたいが、どうも張り合いのない客だった。

「ときに……もう落ち着いたかい？」

いくぶん声をひそめて、寅次が子之吉にたずねた。

「ええ、少しは、おかげさんで」

「息子さんはどうだい」

「まだわらべに毛が生えたような按配ですが、あの件があってから、家業を継がねばという気にはなってくれたようです」

「そりゃなによりじゃないか」

「どうでしょうか。質屋なんてのは因果な商売です。こちらさんみたいに、形のあるものをつくって、お客さんに喜んでもらうあきないじゃない。大工衆みたいに普請をするわけでもない。質草をいただいて、流れたら流れたでいい身入りになるとほくそえむような、つまらないあきないです。あんなこともありましたし、親としては、継がせたくもあり、継がせたくもなし……」

子之吉はそう言って、ぐいと冷や酒をあおった。

「のどか屋さんは、あの件はまだ耳に？」

寅次が問う。

「なにぶん新参者で」

時吉はいくぶん身を乗り出した。

萬屋のあるじは何か影を背負っている——そんな気がしていたが、そのいきさつがこれから目の前で語られるかもしれない。

「さようですか。語っていいかい」

「いや、それならわたしが……」

湯屋のあるじを手で制し、質屋はぽつりぽつりと語りだした。

「もう一年以上経ちます。つい先だってのことのように思われますが、時の流れるのは早いもので」

おちよも厨に戻ってきた。

座敷の客はふところから帖面と矢立を取り出し、しきりに何か書きつけている。俳諧師や戯作者には見えない。さりとて、ただの浪人という感じもしない。どうも正体不明の男だった。

「先に申しましたとおり、質屋というものは因果なあきないです。何かを生み出すわけじゃない。質草を入れにくるお客さんの情けにすがって食わせてもらっているようなもんです。それで、いい質流れが出たら、『ささて、これを売ればもうけが出るぞ』と人の不幸を喜ぶ。そんな因果がさだめし報いたんでしょうよ」

子之吉は語る。ときおり酒に手を伸ばし、喉をうるおしながらむかしのいきさつを語っていく。

「萬屋さんはまっすぐなあきないだ。そんなに卑下《ひげ》しちゃいけませんや。当座の入り用に困ったときに、まず当てになるところと言やあ、町の質屋だ。曲がったことはいっさいしない。ただし、病で働けないとか、ちゃんとわけがわかってるときは、大事な質草を流すのを待ってくれる。おかげで助かった、ありがてえと拝んでる連中は、この町内にたんといるよ」

湯屋のあるじが口をはさんだ。

「そう言ってもらえれば、荷が軽くなります。目立つ看板も出せない商売だからこそ、曲がったことだけはするまい、人様世間様からうしろ指を差されるようなことは絶対にするまいと、あいつとも……」

子之吉はそこで言葉に詰まった。

時吉は次の料理をつくりはじめていた。まずは長葱を斜め切りにする。ひとわたり切り終えたとき、話の道筋がおぼろげに見えてきた。だが、口は開かず、質屋の次の言葉を待った。

「毎月、二十八日はお不動様の縁日です。わたしは昔からどこかのお不動様へ足を運んで、お参りすることにしておりました。ただ……あれからは一度も行っていません。お不動様をおうらみするのは筋違い、罰当たりなことかもしれませんが、どうしても足が向かないんで」

「そりゃ仕方ないさ。おれだって、あんな目に遭ったら、もう二度と不動になんか参るもんかいって思うよ」

と、寅次。

子之吉は小さくうなずいた。いつも背筋がぴんと伸びている男だが、語る話が重いせいか、いまはいくぶん肩が落ちていた。

「その日は、駒込の目赤《めあか》不動にお参りしました。江戸の五色《ごしき》不動にはなんべんもお参りしていたので、とくに願《がん》を懸けるでもなく、家内の無病息災を願っていたんです。それが、家路についてみたら……」

間があった。

醤油《したじ》と胡麻油の香りだけが漂っている。

時吉は斜めに切った葱を鍋に入れ、胡麻油でこんがりと焼きつけて醤油をからめた。さらに、ここに湯を注ぎ、干し湯葉《ゆば》を入れる。

「おうちに帰ってみたら、何か騒ぎになっていたと？」

おちよが声を落として問うた。

「さようです。岩本町が近づくにつれて、だんだんえたいの知れない胸さわぎがしてきました。おおかた虫が知らせたんでしょう。で、萬屋に戻ってみると、町方のお役人がいました。源兵衛さんの姿が見えたので『どうしたんです？』と声をかけたら、何とも言えない顔でわたしを見ました。そのとき、ああ、と思ったんです」

嘆息を交えて、子之吉は「ああ」という言葉を発した。

「ほんとに、神も仏もねえもんだと思ったよ」

湯屋のあるじが酒を呑む。

「あの日、あの時から……わたしの中で何かが止まったような、ずっと止まっちまったままのような、そんな気がします」

「無理もねえ」

「のどか屋さんには、細かく語らないと何のことかわかりませんね」

「語りづらいところは、あらましでようございますので」

時吉はそう言って湯葉のほどけ具合をたしかめ、塩で味を調えた。

……これでいい。

おちよがあらかじめ小ぶりの椀にちぎって入れておいた海苔の上から、汁をかける。

ささやかな椀のできあがりだ。

「お待ち……」

一枚板の二人の客に出す。座敷の客にはおちよが運んでいった。

胡麻油で焼いた長葱と海苔、いずれの風味も捨てがたい。加えた湯葉の歯ごたえも楽しめる一椀だ。

「先にいただいてから」

「どうぞ」

座敷の客は、小声でおちよになにやら問いかけだした。ときおり目をすがめ、聞き出したことを帖面に書きつけていく。ますます怪しい様子だった。

「しみる、味ですね」

子之吉が言った。

「あいつが……およしが、葱好きだったもので、なおさら心にしみます。あいつが生きていて、隣にいたら、どんなにか喜んだろうと思うと、胸が、詰まります」

「ありがたく、存じます」

何とも言えない思いで、時吉は答えた。話の道筋が見えてしまったからだ。

「汁の味付けは塩だけなんだね？」

寅次が問う。

「はい、潮《うしお》仕立てで」

「へえ、そう呼ぶのかい」

「師匠から教わりました」

「でも、葱にからんだ胡麻油と醬油の味がうまく出てる。もちろん、葱と海苔の味もある。考えるもんだね」

「恐れ入ります」

「で、この椀の名前は？」

「それがまだ思いつきませんで」

「なら……これも縁だ。萬屋さんにちなんで、よろず汁にすればいい」

「いや、手前どもの名などをつけたら、せっかくの料理が」

子之吉はあわてて手を振った。

「しかし、よろず汁はいい名かもしれません。ごたごたと具を放りこんだ汁をそう呼ぶこともあるんですが、これだけの具で足りていますから。海のものは海苔、それに塩。山のものは葱。湯葉も元は大豆だからそうでしょう。水はどこにだって流れています。そう考えれば、よろずのことは、この一椀の中に入っていますから」

「そうそう。生《しょう》のものは入ってないが、葱と湯葉の嚙み味はちょいと四つ足の肉みたいだからね」

と、湯屋のあるじ。

「のどか屋さんがそうおっしゃるなら、もう嫌とは申しますまい。ただ、手前どもの名から採ったことは他言無用でお願いしたいと存じます」

「承知しました。もちろんそれは、ここだけのいわれということで」

時吉が唇に一本指を立てたとき、座敷の客が腰を上げた。

もっと落ち着いて呑むのかと思いきや、おちよに何事かたずねたあとは、あわただしく銚子をあけて立ち去っていった。

「毎度ありがたく存じます」

「ありがたく存じます」

のどか屋の二人が声をかけたが、ふらりと入ってきた浪人風の男は、べつに何も答えなかった。

一幕が終わり、よろず汁も空になった。

目でそれとなくうながされた子之吉は、話の続きを語りはじめた。

「何かあったのかと源兵衛さんにおたずねしたら、『大変《てえへん》なことが起きちまった。気をたしかに持ちな』という声が返ってきました。まるでついさっき聞いたような気がします」

「おれの声が一生残っちまった。すまねえことをしたな」

「なんの」

小ぶりのぐい呑みに注がれた酒で喉をうるおし、子之吉は続けた。

「それから、お役人さんから子細を告げられ、どこにいたのかと問われました。そのうち、せがれの卯之吉《うのきち》が飛び出してきて、『おとっつぁん、おとっつぁん……』と、涙ながらに……」

子之吉はこらえていた。身《み》の奥からあふれてくるものを、懸命にこぼすまいとしていた。

「すると、およしさんは……」

おちよが小声で問うた。

「わたしが留守にしているあいだに、賊が入ったのです。刃物で心の臓を突かれたおよしは、哀れにも、絶命いたしました。わたしが萬屋に戻ったとき、あいつはもう物言わぬむくろになっていたのです」

「ほんに、ひでえことをしやがる」

寅次が吐き捨てるようにいったとき、のれんが開いて湯屋の息子の新助《しんすけ》が呼びにきた。ちょっとおどおどした様子の若い衆で、頼りなさそうではあるが、風呂焚きなどの裏方仕事ではまじめに励んでいるらしい。

「おとっつぁん、そろそろ」

「うん、まあ……しょうがねえな。なら、今日はこれで」

繰り返して聞きたくない話だったのかどうか、寅次がわりかたあっさり腰を上げると、のどか屋の客はいよいよ子之吉だけになった。

「せがれが無事だったことだけが救いでした」

質屋のあるじはさらに語る。

酒が空になったので時吉が問うと、質屋のあるじはやや思案してから今度はぬる燗を所望した。

「咎人《とがにん》はどうしたんです？」

おちよはたずねた。

「いまだ捕まっておりません。できることなら、この手で捕らえ、およしの仇を討ちたいと思っておりましたが……」

子之吉は厨の隅に目をやった。

そこには、硬い樫《かし》の棒が立てかけられていた。剣を捨てて包丁に持ち替えた時吉だが、棒術の心得もある。賊が刀を振りかざしてきても、十分にこれで戦うことができた。

「何か心当たりは？」

「お役人にも申し上げましたが、三日前、出どころの知れない品を持ちこんできた客がいました。風体《ふうてい》や臭いから察すると、同じなりわいではなかろうかと」

「同業の質屋だというわけですか」

「ただし、まっとうなあきないではないでしょう。いわゆる贓質で、盗品のさばきでもなんでもやる。賭場へ出張ってあこぎな金を貸すやつもいます。なかには盗賊とつるんで盗品をさばく不届き者だっている。いや、当人が盗っ人だったりするんですから、救いようがありません」

「質屋の面汚《つら》しですね。……お待ち」

時吉は銚子と盃を出した。切り昆布の佃煮の小皿を添える。はらりと胡麻を振った、軽めの肴だ。

「まったくです。物をつくるわけではなく、品物を右から左へ流したり戻したりしてお銭《あし》をいただくあきないですから、その分まっとうに、筋を通して、うしろ指を差されないようにつとめるのが質屋の心意気というものです。仲間うちの講などで、わたしはほかの若い質屋にも、口を酸っぱくしてそう言ってきました。なかには煙たく思っていた者もいるかもしれませんが、筋だけは通せ、曲がったことはするなと……」

おちよが注いだ酒を、子之吉は背筋を正して呑んだ。

戸口で気配がした。

客かと思いきや、そうではなかった。のどかとやまと、二匹の猫が戻ってきたのだ。何か悶着でもあったのか、座敷に上がるなりくんずほぐれつしはじめる。

「これ、喧嘩しないの」

おちよがたしなめた。

「で、その脇質と思われるやつはどういう用件で？」

次の肴をこしらえながら、時吉はたずねた。

「南画の掛け軸を持ちこんできました。右のほおに深い斬り傷があるようなやつです。軸装といい、画《え》といい、てめえの物だとは神かけて思われません。こんな素性の知れない物は扱えない、一文も出せない、とわたしは追い返しました」

「すると、男は」

「後悔するなよ、と捨てぜりふを吐いて出ていきました。いまだに忘れません。底のほうに嫌な光のある目でした」

「じゃあ、その意趣返しに……」

おちよは眉をひそめた。

「初めから押し入るつもりで、下調べに来たのかもしれません。いま思えば、帳場や家の造りのあちこちを目で検分していたような様子でしたから」

「萬屋さんがいない日がわかっていたのかしら」

「あとでお役人が聞き込んだところ、うちへやってきたほおに傷のあるやつは、ご近所でいろいろと話を訊いていたそうです。お不動さまの縁日は、毎月二十八日です。わたしがその日だけ見世をおよしに任せてお参りに出かけることを聞き出すのは、そうむずかしいことではなかったはず。現に、『余計なことを言っちまった、すまねえ』と涙ながらに謝りにきた人がいました。『なんの、あなたのせいじゃない、どうか気になさらず』とくどいほど言って帰ってもらいましたが、心の底では、そんなことを怪しいやつに告げるからだと思う心持ちもありました。そういったわが性根も気に入らず、なんとも言えない気分になったものです」

子之吉は珍しく多く語った。

「そこまで分かっているのなら、その傷持ちが咎人でしょう。このままおとなしく世渡りをしていくやつとは思われません。天網恢々疎《てんもうかいかいそ》にして漏らさず、と申します。いずれお天道様が裁いてくれるに違いありません」

時吉は言葉に力をこめた。

ほどなく子之吉は後架《こうが》(便所)へ立った。おちよが近づき、声をひそめて告げた。

「さっきの座敷のお客さん、探りにきたみたいよ」

「探りに?」

「そう。きっと黄金屋の回し者。『いつもこれくらいの客の入りなのか』なんて、しれっとした顔で訊くの。ひっぱたいてやろうかと思った」

「ここは我慢だ。そんなことをしちゃいけない」

「うん、わかってる。それから、妙なことも訊いた。『のどか屋から黄金屋へ流れた娘はいるか』って。おあいにくさま、前はお手伝いの娘さんがいたけど、いまはあたしだけですよって」

「そういう娘がいたら、こちらが黄金屋に探りを入れたと思うわけか」

「たぶん、そういうことだと」

「そんな姑息なことをするか。黄金屋の料理を吟味したいのなら、わたしが堂々とのれんをくぐる」

時吉は戸口のほうを指さした。

「それから、もう一つ変なことを訊いたのよ」

「何だ」

「『川上浄庵っていぅ医者を知ってるか』って」

「引札に名前を出していた医者だな」

「そう。よっぽど自慢したいのね、札差や医者に知り合いがいることを」

おちよがほおをふくらませたとき、子之吉が戻ってきた。

「何か肴をおつくりいたしましょうか」

時吉がいくぶん身を乗り出して問う。

「では……あいつが好きだった葱でまた。代わりに食ってやります」

「承知しました。汁もまだできますが」

「よろず汁ですね」

「はい」

「なら、よろずのことを思い出しながら、もう一杯いただきます」

その言葉に、時吉もおちよもしんみりとうなずいた。

客は来ない。

猫の親子は仲直りしたらしく、のどかがやまとの毛をなめてやっている。そこだけがほんわりと和らいでいた。

「……お待ち」

ややあって、時吉は次の肴を出した。

長葱のぬた、だ。

葱の白いところを一寸（約三センチ）あまりに切り、さっとゆがいて冷ます。和えごろもは甘めの味噌と酢と芥子《からし》でつくる。ひと口目は甘いが、嚙めばじわりと渋い、人生の味がする。

本当は貝も交ぜればより深い味になる。嚙み味も葱と貝で響き合う。しかし、無駄になるのを恐れて、貝まで仕入れきれなかった。料理人としては忸怩《じくじ》たるものがあった。

続いて、よろず汁を出した。

銚子を空け、もうこれで、と手で示すと、つれあいを奪われた男は、二杯目の汁を呑みだした。

黙って呑む。

思い出したように箸を動かし、葱や海苔を食す。

座敷で猫を遊ばせながら、おちよはその背中を見ていた。

泣き崩れたいのにこらえている利休《りきゅう》鼠《ねずみ》の着物の背中には、なんとも言えない男の色気が漂っていた。

時吉はあえて語りかけなかった。汁を呑みながら、子之吉はよろずのことを思い出している。それを邪魔しないように心がけていた。

だが、猫には人の心はない。気が入っていないおちよの遊びに飽きると、二匹はうにゃうにゃ言いながら階段のほうへ駆けていった。またそこでどたばたと遊ぶのが常だ。

「そうそう、猫の名ですが……」

我に返ったように、一枚板の客が言った。

「何と名づけられましたか」

時吉の問いに、子之吉は少し間を置いてから答えた。

「よし、とつけました」

また間があった。

「およしさんから……」

歩み寄りながら、おちよが言う。

「照れ臭いのですが、あいつが猫に生まれ変わったと思って、帳場でなでてやったりしています」

「そうですか」

吐息を含む声で、時吉は言った。

「せめてもの罪滅ぼしのつもりです。それに……」

「それに？」

言いよどんだ子之吉に、おちよが水を向けた。

「そのうち、ほんとにあいつが戻ってきたんじゃないかと……猫に生まれ変わって、のどか屋さんからうちへもらわれてきたんじゃないかと、そう思うようになりました」

「呼べば、答えたりします？」

無理に笑顔をつくって、おちよはたずねた。

「はい。よし、と呼べば、みゃあ、と鳴いたりします。『なんだい、おまえさん』とあいつが答えるみたいにね」

質屋のあるじは、泣き笑いの表情になった。

「よしは布団にも入ってくるので、『痛かっただろう、おれがいなくてすまねえ』とわびながらなでてやります。『もう大丈夫だ。いくら寝ててもいい。猫に生まれ変わったんだから、この先ずっと安楽に暮らせ』と。『一生、大事にかわいがってやるから、もう怖い目には遭わせねえから……すまねえ、すまねえ。おれが悪かった』と」

それまで背中に通っていた心張り棒が、はらりと外れた。

一枚板にひじをつき、額に手をやる。

見られないように、子之吉は目を隠していた。

それでも、時吉には見えた。

ほおのほうへ、水でも酒でもないものがしたたり落ちていた。

第四章　青世《あおよ》玉子

一

　相変わらずの閑古鳥だった。

　表で呼び込みをしても、貼り紙を出しても、逃げた客は戻ってこなかった。当初のにぎわいが嘘のように、のどか屋の座敷はがらんとしていた。

「やっぱりうしろ盾があるんだね。馬鹿に続くじゃないか、黄金屋のただの呑み食いのふるまいは」

　季川が言った。

　客は一枚板の席に陣取っている隠居だけだ。

「ずっと一文もお金を取らずにふるまってるんですものね。お酒だけでもどれだけ呑まれたか」

所在なさげにおちよが言った。

「うちは仕入れもたんとはできません。情けないことですが」

「時さんがそう思うことはないさ。だれもただには勝てない」

「いや、でも、ただのふるまいに勝つような料理をお出ししないと」

時吉はそう言って、さんまのつみれ汁をつくる手を動かした。

三枚におろしたさんまの皮と腹骨を取り、よく擦り合わせる。なかなかに根気のいる仕事だ。

粘り気が出てきたら、赤味噌、玉子の黄身、醤油、生姜汁、おろした山芋、みじん切りの白葱を混ぜ合わせて、さらによく練る。うまくなれ、うまくなれと念じながら練る。そうしているうちにさんまの臭みは抜け、うまさだけが残る。

できあがったつみれは食べよい大きさに取り、鍋で煮る。おおよそ火が通ったら、味醂と醤油、それに塩で味を調える。仕上げは生姜汁だ。これを入れることによって、鍋の中がぴりっと締まる。

お椀には細く切った葱を入れ、つみれ汁を張ってお出しする。さっと炊いた舞茸など、ほかに具があれば入れるとさらにうまみが増す。

「お待ちどおさまです」

たった一人の客に、時吉はつみれ汁を出した。

「ありがたいね。申し訳ないくらいだよ」

「とんでもございません」

時吉がそう言ったとき、戸口のほうで人の気配がした。

「いらっしゃいまし！ ……あ、なんだ」

元気よく声をかけたおちよだが、すぐあいまいな顔つきになった。

「なんだ、はねえだろう。せっかく来てやったのに。おう」

時吉に向かってさっと手を挙げたのは、師匠の長吉だった。

「ごらんのとおりで」

「今日はまだわたしだけですよ。こんなにうなるほどの味なのにねえ」

隠居はそう言って、さんまのつみれを口中に投じた。

「来てやってもらって、ありがたく存じます」

長吉が礼を言った。

「なんの」

「こいつはさんまのつみれかい？」

「はい」

「なら、おれにも一つくれ」

長吉も一枚板の席に座った。

「おとっつぁん、見世は？」

おちよが問う。

「どうあってもおれじゃなきゃならねえっていう、むずかしいお客さんは入ってねえ。弟子の修業にもなるから任せてきた。ずいぶんと閑古鳥が鳴いてるっていううわさだったが、そのとおりだな」

「ほんとに、お客さんより猫のほうが多いんだもん」

おちよは情けなさそうに座敷を見た。

見世の苦境などまったくどこ吹く風で、のどかとやまとは丸くなって気持ちよさそうに寝ている。

「つみれ汁でございます」

時吉は師匠に椀を差し出した。教わったとおり、下から料理を出す。

「おう、うまそうだな」

「こりゃうまいよ。さすがは時さんの腕だね」

隠居は褒めたが、長吉はすぐ言葉を発しなかった。

つみれを食し、汁を啜る。いくぶん目を細くして、その味を吟味する。

いまは厨に立っていないから、豆絞りの鉢巻きは外している。頭には白いものが交じりだした歳だが、体には串のごとくにすっと芯が通っていた。

その年季の入った料理人が、ややあって口を開いた。

「うまい……が」

「が？」

おちよがこらえきれずに口をはさんだ。

「ちいとばかし、うますぎるんじゃねえか？　時吉」

「さようですか」

「うますぎるほうがいいじゃないの、おとっつぁん」

「んなことを言ってるから、おめえの料理は味にこくがねえんだ」

父はにべもなく言った。

「うますぎる、とは料理人ならではの考えだね」

隠居が言う。

「ちょいと力が入りすぎてる。うまくしなきゃならねえっていう思いが入りすぎてるんだ、時吉」

「はい」

「料理がまずいのは話にならねえが、うますぎるのも考えものだ。ほんのちいと物足りない、あとを引く、そういった塗り残しのところをつくってやるのが骨法だ。そうすりゃ、お客さんはきっとまたその料理を食べにきてくれる」

「むずかしいわねえ、おとっつぁんの話は。お料理がうますぎたらどうしていけないの？　お客さんも満足してくれるはずだけど」

おちよが首をかしげた。

「料理がうますぎると、お客さんはまたべつのうますぎる料理を食べたくなる。次から次へとうますぎる料理を出せればいいんだが、そういうわけにもいかない。うまくねえとお客さんが思う料理を出したら、ことさらにまずく感じてしまう。そのあたりは、舌と味の深いところだな」

「分かりました。こんなありさまなので、つくれる料理はできるだけうまく仕上げようと、力が入っていたかもしれません」

のどか屋をざっと見渡してから、時吉は言った。

「そう料簡できるのなら大丈夫だ。……お、もう一杯くれ」

長吉は椀を差し出した。

「うますぎるのに、お代わりですか」

季川がすかさず言う。

「なに、うめえことには変わりがねえからな」

長吉はそう言って笑った。

厨に立っているときはこわもてだが、笑うと目尻にいくつもしわが寄ってにわかに和らぐ。

「で、商売敵はどうなんだ？」

長吉はおちよにたずねた。

「どうもこうも……のれんを出してからずっと、呑み食いがただなんだから。連れ立って来てくれてた職人さんや大工さんも、ぱたっと来なくなっちゃって」

「やっぱり意趣返しか。……おう、ありがとよ」

椀を受け取り、今度はわしっとつみれを食すと、長吉は思案げな顔つきになった。

「おそらくそうでしょう。うちがのれんを下ろすまで、ただのふるまいを続けると思います」

「料理人なら、正々堂々、皿で勝負しろと言いたいところだな」

「そりゃあもう。怒ってるんだから、あたし」

おちよが角を出すしぐさをした。

「なら、ちょいとおれが見てきてやろう。黄金屋がどんな料理を出してるのか、向こうの客がどう呑み食いをしてるか、おれなら面が割れてねえからな」

「そこまでしていただいて」

「水臭《くせ》えことを言うな、時吉」

汁を呑み干すと、長吉はすっと腰を上げた。

「では、ご隠居、またのちほど」

軽く頭を下げてから、長吉はのれんのほうへ向かった。

「立ち回りとかやらかさないでね、おとっつぁん」

おちよの声に振り向くと、むかしはもっと気が短かったらしい料理人は答えた。

「馬鹿言え。そんな歳じゃねえ」

二

長吉が出ていくらか経ってから、次の客が来た。

初めて見る顔だった。紺の絣《かすり》の着物は家の中であきないをやっているようないで立ちだが、顔はいやに日焼けしていた。

「お相席でよろしければ、こちらで。座敷は貸し切りになりますが」

おちよが一枚板の席を示すと、隠居に目礼をして男は座った。

「御酒《ごしゅ》はいかがいたしましょう」

「いや、茶で結構です」

「承知しました。お料理は何をおつくりいたしましょうか。さほど多く仕入れてはいないのですが」

時吉がすまなそうに言うと、同じ三十がらみと見受けられる男は、少し喉の調子を整えてから答えた。

「玉子……はありますでしょうか」

「ええ。玉子ならけさ生みたてのものをいくらか」

玉子は精がつくし、料理屋でたまに食べて口福を味わうものだ。売れ残ったら持ち出しになってしまうが、まかない料理にも使える。余ったらおちよにうまいものを食べさせてやろうと思い、時吉は抜かりなく仕入れてあった。

「では、玉子を使った料理で、こちらさまならではのものがありましたら、頂戴したく存じます。ただ……」

いくらかためらってから、男はこう言い添えた。

「手前はただいま懐具合が芳しくございませんで、あまり値の張るものはご勘弁いただきたいと存じまして」

「はは、ここは小料理屋だからね。そんなびっくりするほど豪勢なものは出ないよ」

季川が笑って言った。

「さようですか。それなら、ひと安心です」

「ふわふわ玉子という品があるのですが、うちならではというわけではありません。お食べになったことはありますか？」

時吉は問うた。

「相済みません。ふわふわ玉子はうち……ではなくて、ほうぼうでいただいたことがありますので。何かべつの料理を頂戴できればと」

ていねいな言葉遣いで男が言ったとき、おちよがさっと座敷のほうへ動き、包丁を動かすしぐさをした。

時吉も気づいていた。

いまはうっかり「うちの見世」と言うところだったのだ。

「では、青世玉子はいかがでしょうか。いささか時はかかりますが、ほかに加えるのは小松菜だけですので、さほどお代はかかりません」

「さようですか。では、頂戴いたします」

顔つきを見ると、これも食べたことがあるようだが、男は文句を言わなかった。

「今日はどちらから？」

季川がたずねた。

「はい、豊島町のほうからまいりました。幸吉《こうきち》と申します」

「この先に呑み食いただの黄金屋という見世があって、はやってるんだがね」

「え、ええ……いずれそちらも、とは思ってるんですが。玉子の料理を出してくれるかどうか分かりませんし」

幸吉と名乗った男は、ややあいまいな顔つきで答えた。

「玉子の料理がお好きなんですか？」

溶き玉子に下味をつけながら、時吉は問うた。

「ええ。つれあいも……大好物で」

妙な間を置いてから、幸吉は答えた。

休みの日にほかの見世を食べ歩き、舌で修業をすることは時吉もしょっちゅうやっている。幸吉の見世では、新手《あらて》の玉子の料理を出すことを考えているのだろう。よそからもらった案が、またよそへ行く。そうこうしているうちに、いつのまにか料理が広まっていく。

それでいい、と時吉は思う。だから、料理人と思われる者が舌だめしに来ても、何も隠さず、いつもと同じ品を出すようにしている。

ただ、この幸吉については、いささかいぶかしいものも感じていた。見世持ちの料理人にしては、ずいぶんと日に焼けている。手もささくれだっている。これは人足仕事などをやっている男の手だ。

（表で大きな魚をさばいたりする仕事だろうか。さもなければ、こんな手にはならないはずだが……）

いぶかしく思いつつも、時吉は青世玉子をつくる手を動かした。

小松菜は細かく刻み、さらに擂鉢でよく擂る。客がほかにいないから、そちらはおちよも手伝ってくれた。

小松菜は胡麻和えなどもつくるはずだったのだが、どうやら余ってしまいそうだ。そこで多めに入れることにした。青菜の量を増やし、できるだけ細かく擂れば、それだけ緑が鮮やかになる。

摺りあがったものは、溶き玉子に合わせて蒸す。そのあいだに葛あんをつくっておく。だし汁に味醂、醤油、それに葛粉を溶いたものを加えてとろみをつける。

蒸しあがった青菜の色が濃い玉子は、黒塗りの器に盛り、葛あんをかける。人参などの赤みのあるものを添えればさらに彩りになって栄《は》えるのだが、今日はあいにくなかった。

蒸しあがるまでに、客といくらか話をした。

「玉子を使った料理では、どういうものがお好みなんでしょうか」

「そうですね。ずっと思案していた……いや、食べたいと思っていたのは、玉子を交ぜた焼き飯です」

「ほう、焼き飯を」

「はい。もちろん飯ばかりではなく、さまざまなものを交ぜます。葱などの具を細かく刻んで交ぜて、強い火で焼いたものに塩を振り、醤油で味をつけた焼き飯はたいそう好物なんです」

「香ばしくてうまそうだね」

と、隠居。

「何よりうまいと思います。ただ、ひと口に焼き飯と言っても、存外に奥が深いものです。飯は炊き立てがいいのか、それとも冷えたのがいいか。玉子を先にからめておくか、あとから交ぜるか。交ぜるにしても生の玉子か、先に軽く炒めておいたものか。それによって食べ味が変わってきます」

「ずいぶんと食べ歩いていらっしゃるようですけど、見世によっても出す焼き飯が違いますか」

　おちよがたずねた。

「ええ。でも、あまり焼き飯を出すところはないので」

「そういえば、そうですね。うちでもたまにしか出しません」

「どうしてだろうねえ」

　季川が首をひねった。

「玉子は値の張るごちそうですから、はっきり入っていると目に見えるほうが喜ばれるからでしょう。たとえば、山吹《やまぶき》玉子みたいに」

　幸吉は黄身に串を打ってあぶり、味付けをして山吹色に仕上げる小粋な料理を引き合いに出した。

「なるほど。深いねえ」

「それに、焼き飯には外せない勘どころがあります。強い火で一気に仕上げなければならないんです」

「焼き飯がべちゃっとしてると、あんまりおいしくないですからね」

と、おちよ。

「そうです。そのためには、できるだけ勢いのいい火をおこさないといけません。一人が鍋を振り、もう一人が団扇《うちわ》で火をあおる。そんな二人がかりで、息を合わせて焼き飯をつくれば、ぱらっとしたおいしい仕上がりになります」

「聞いただけでおいしそう」

「仕上げに胡麻油をさっとかけて交ぜると、忘れられない味になりますよ」

「焼き飯なら、いろいろな具を按配できますしね」

手を動かしながら、時吉は言った。

「そうです。香《こう》の物もいいし、小海老などの海の物もよく合います」

「くわしいねえ、幸吉さん。よほど食べ歩いてるんだね」

まだ気づいていない隠居は、素《す》で感心して言った。

「い、いや、まあ……」

「ときに、どこかでお見かけしたような気もするんだが」

季川は首をひねった。

「そうですか……おおかた、どこぞかの見世ででも」

「はは、そうかもしれないね」

隠居が笑ったとき、青世玉子ができあがった。

「お待ちどおさまです」

「これはこれは、おいしそうだ」

日焼けした顔を初めてほころばせて、幸吉はさっそく食しはじめた。

「衣が……いい味出してます。なるほど……葛あんが合いますね」

ひと言ひと言をかみしめるように、幸吉は言った。

「ありがたく存じます」

同じ椀は隠居にも出した。

季川は言葉ではなく、箸で「う」の字を描いてみせた。「うまい」の「う」であることは表情を見れば分かった。

「話に出た縁で、焼き飯もお出ししたいところなんですが、あいにく玉子はこれで終わりでして」

「いえ、お気遣いなく。こりゃあ、ほんとにうまい。たんと入ってるから、青菜の味も引き立ってる」

幸吉はそう言って、また葛あんのかかった青世玉子をほおばった。

「次からは、あたしが火を団扇であおぎましょうか。焼き飯をつくるときに」

おちよが手を左右に動かしてみせた。

「逆でもいいぞ」

「だめだめ。鍋を振ってご飯をぱらっとさせるのは力がいるから」

「二人がかりはいいかもしれないね。夫婦《めおと》の焼き餅だと、ちいと洒落にならないところだが、焼き飯ならいけるかもしれないよ」

隠居がうまくまとめたが、隣の幸吉はなぜかあいまいな顔つきになった。

そのとき、のれんがふわりと開いた。

長吉が戻ってきたのだ。

三

「どうも空気がよくねえな、あの黄金屋っていう見世は」

長吉は顔をしかめた。

「女の恰好をしてるんでしょう？　黄金屋は」

おちよが父に酒を注ぐ。

「食えねえ野郎だ。小姓みたいなやつと厨の中でべたべたしていやがった。とんだ陰《かげ》間《ま》茶屋だ」

「でも、お運びは美人ぞろいなんでしょ？」

「たしかにそうだが、寝てねえのかどうか、みんな目にぼうっと膜がかかってるみたいで、おれは好かねえな」

「おとっつぁんはそうかもしれないけど、お客さんは違うでしょう」

「そら、まあ、のどか屋は若女房と言っても出戻りでとうが立ってる年増《としま》だからな。旗色が悪いのはしょうがねえ」

「出戻りだけ余計だって」

おちよはほおをふくらませた。

「で、料理はいかがでしたか？」

時吉はいくぶん身を乗り出した。

「それなりのものは出してる。派手な見かけどおり、本当は南蛮物などを出したいような口ぶりだったが、客筋を考えて舌になじんだ品にしてるみたいだ。独活《うど》をあしらった香りのいい蒟蒻《こんにゃく》の梅和え、糸がつおをたんと盛った蕗《ふき》の田舎煮、どれも小技の効いた料理だった。器もいいものを使ってる。酒もいい。あれでただなら、そりゃあ客は入る。入らねえほうがおかしい」

長吉はそう言って、いくらか顔をしかめて酒を呑んだ。

「でも、皿が上から出ていると?」

「先回りするな、時吉」

「そりゃ、弟子だからね」

横合いから季川が口をはさむ。

一枚板の席であいだにはさまれるかたちになってしまった幸吉は、やや据わりが悪そうな面持ちで話を聞いていた。

「たしかに、時吉の言うとおりだ。ただで呑み食いさせてやってるんだから、ありがたく食え、と客を見下している心持ちが伝わってきた。見た目はきれいで、それなりの仕事はしている。いいものを仕入れてるし、腕もある。ただ……」

作務衣の胸を、長吉は一つどんとたたいた。

「黄金屋の料理には、ここがない。たましいが入ってねえんだ」

師の言葉に、時吉はゆっくりとうなずいた。

「金多っていうあるじの動きをしばらく見ていたんだが、だいたいどういうやつかは察しがついた。大所帯で来てくだすったお客さんには、のどか屋なら何度も頭を下げて送り出すだろう？」

「そりゃあもう、ありがたいから。いまはあんなだけど」

おちよが座敷を指さした。

のどかとやまとは相変わらず畳の上でぐてっと寝そべっている。ときどき思い出したようにのどかが息子をなめてやる。

「黄金屋は洟《はな》もひっかけねえ。『ありがたく存じます』のひと言もない。あべこべに、客が礼を言って帰るんだからおかしなもんだ」

「そりゃ、ただの呑み食いだからね。礼も言いたくなるさ」

と、隠居。

「だが、そりゃあ料簡がおかしい。料理人が心をこめて料理をおつくりして、お代をいただき、『毎度ありがたく存じます。またのお越しを』とお客さんを送り出す。それが筋ってもんじゃねえか。黄金屋では、川の水がさかさまに流れてる」

「何かうしろ盾でもあるんでしょうか。ただの呑み食いばかりじゃ、あきないが成り立たないと思いますが」

幸吉がいぶかしげに言った。

「その話はここでも前にしてたんだ。黄金屋の引札に名を出していたのは、助金屋という札差に……」

「おう、もう一人の医者なら来てましたよ、ご隠居。川上浄庵っていう、これも食えねえ野郎で」

「川上浄庵？」

幸吉の顔つきが変わった。

「ご存じなんですか？」

おちよが問う。

「ええ、わたしにとっては……」

客のほおのあたりが、ひくひくと引きつった。

何かわけがあるらしい。

時吉は次の肴をつくる手を止めて、幸吉の言葉を待った。

「仇《かたき》のようなものです」

初めて来た客は、喉の奥から絞り出すように言った。

「仇とは、穏やかじゃねえな」

と、長吉。

「はい……話せば長いことなんですが」

幸吉はまだためらっている様子だった。

「食えない野郎って、どういう感じだったの、おとっつぁん」

半ばは時をかせぐために、おちよはたずねた。

「恰好だけでも洒落めかしていてよ。舶来物らしい鼻眼鏡の蔓《つる》は金でできてた。羽織も上等の繻子《しゅす》で黒光りがしてる。煙管《きせる》も金ぴかだ。いかにも成り上がりで金を貯めてます、っていう風情《ふぜい》だった」

「まあ、医者なのに」

「ほんとにできた医者は、そんな恰好はしないもんだ。貧乏な患者からは薬代を取らねえ。そのせいで、おのれもかつかつの暮らしをやってる。だから、貧しい者の心持ちが分かる。きんきらきんに飾り立ててる医者なんかに、おれはかかりたくねえな」

「清斎先生などとは、まるであべこべですね」

時吉は薬膳の師の名を出した。

「で、肝心の仇の話だが……」

隠居がちらりとおちよを見てから切り出した。

「御酒をお出しいたしましょうか」

それと察して、おちよが訊いた。

「はい……では、燗を」

「わたしも」

隠居も手を挙げる。

「おれは冷やでいい。……お、できたな」

長吉が少し身を乗り出した。

「あつあつをお召し上がりください」

そう言って時吉が差し出した皿には、香魚《あゆ》のようなものが載っていた。

形は香魚だが、生《しょう》のものではなかった。

ただの豆腐を揚げてつくった香魚もどきだ。

まず香魚の形に似せて、豆腐を細長く切る。それを油でさっと揚げ、あらかじめ鍋で煎《い》ってさらりとさせておいた塩を振りかける。

さらに、食べる間際に蓼酸《たです》を回しかける。生きた香魚の塩焼きにも用いるものを、もどき料理でも使うという趣向だ。

蓼の葉先だけを使ってよく摺り、酢と合わせる。これを回しかけると、塩とあいまって舌にぴりっとうまさが走る。

「揚げたてはうめえな」

長吉が言った。

「初めていただきました」

と、幸吉。

「さすがに、冷えるとおいしくありません。熱を持っているうちが華の料理で」

「見立ても満点だ。豆腐だけだから、切り方にもずいぶん気を遣うところだね。……うまい」

隠居も口に運ぶ。

のどか屋の一枚板の席に現れた香魚もどきの群れは、あっと言う間に姿を消した。

ややあって、燗がついた。

「どうぞ」

おちよが客に運ぶ。

機は熟した。

幸吉は「仇」の話をおもむろに語りはじめた。

四

「こちらには、舌だめしのつもりでこっそりうかがいました。相済みません」

幸吉はまず頭を下げた。

「わたしもよくやりますので、お気になさらず。同じ料理人だということは察しがついていました」

「料理人……そうか」

隠居がやにわにひざを打った。何かに思い当たったらしい。

「幸吉さん、あんた、豊島町から来たと言ったね？」

「はい」

「あの見世のあるじだね。ひと月に一度しかのれんを出さない」

幸吉は黙ってうなずいた。

「ああ、こないだちらっと話に出ていた……」

おちよが目をまるくした。思わぬところで糸がつながってきたからだ。

「何か深いわけがありそうだな。ひと月にいっぺんだけしかのれんを出さないとは」

長吉は腕組みをした。

「仇の話と、めぐりめぐってつながってくるのですが、さて何からお話ししてよいものやら」

幸吉は思案げな顔つきになった。

「まずは仇の話からでよござんしょう。川上浄庵という医者がなぜ幸吉さんの仇になるのか」

隠居が穏やかな顔で道筋を示した。

「承知しました。では、女房のおえんが病《やまい》にかかったところからお話しします」

猪口の酒をぐいと呑み干すと、幸吉は続けた。

「わたしは豊島町で、おえんと一緒に小さな見世をやっておりました。こちらさまより間口の狭い見世です。先にもちらりと申しましたように、おえんの好物が玉子で、幸いにもいい仕入れ先に恵まれましたので、そちらのほうの料理をおもに手がけておりました。舌だめしのときは、のれんをくぐる先々で玉子の料理を所望して、少しずつ品数を増やしていきました。『玉子百珍』に書いてあった料理は、あらかた試したものです」

「それは修業ですね。わたしは半分も試していません」

時吉が感心したように言った。

『玉子百珍』は通称で、正式には『万宝料理秘密箱』という。天明《てんめい》五（一七八五）年に前篇が刊行された世界初と思われる玉子の料理書には、百を超える料理が紹介されていた。

「なかには見世でお出しできないものもありましたが」

「百珍物はどれだってそうさ。なかには洒落だけの料理もある」

長吉が苦笑した。

「で、お見世の話ですが」

おちよが先をうながした。

「はい。ことに力を入れていたのは焼き飯です。なるたけ強い火がいりますので、おえんに団扇で火をあおらせ、懸命に鍋を振って、うまい焼き飯をつくれるようにいろいろと試しておりました」

「そりゃいい心がけだ。話を聞いただけでうまい」

と、長吉。

「ありがたく存じます。ときには火が強すぎて着物が焼けたり、おえんが息苦しくなったり、いろいろとしくじりはありましたが、ようやっと得心のいく焼き飯がつくれるようになってきたとき……おえんが病にかかってしまったのです」

沈黙があった。

「どんな病だったんでしょう」

おちよが訊く。

「胸に差し込みがあったり、めまいがしてふらついて倒れたり、脂汗が出て息苦しくなったり……ずいぶんと按配が悪くなってしまいました。なにぶんうまく動けないもので、そのあたりの愚痴をおえんがこぼしていたところ、客が薦《すす》めてきたんです。川上浄庵といういい医者がいる、と。あとになって考えたら……」

いくらか息を入れてから、幸吉は続けた。

「たぶん、あの客は浄庵の息のかかったやつだったんでしょう。そんな裏まではとても読めません。近場のかかりつけの医者は、あまり薬代を取らないよくできた人なんですが、肝心の診立てのほうが頼りなくて、いくらおえんを診せても首をかしげるばかりだったもので……」

「人から薦められたら、新しい医者に診せたくなるものさ」

あんたが気に病むことはない、という言外の意をこめて、長吉は言った。

「ほんとに、いいことずくめの話だったんです。『浄庵先生は南蛮や漢方の医術にもくわしい名医で、初めは薬代も取らない。どうあっても高価な薬が必要なときは、一度の支払いじゃなく、月々に少しずつの払いでいいように按配する。それでも荷が重いときは、ちゃんとした質屋や金貸しを紹介するから、何の心配もいらないよ』と客は笑顔で言いました。おえんの病が治るのなら、何でもしてやりたい、藁にもすがりたいという心持ちでしたので、初めは地獄に仏の思いがしたものです」

「で、おえんさんを川上浄庵に診せたわけですね？」

梅干の種を取り、肉を細かくたたきながら、時吉は問うた。

「そうです。これまた初めは、後光が差しているように見えたものです。おえんの病は心の臓の弱りで、決して無理をさせてはならない。十分に休んだうえで、帰りに渡す薬を煎じて呑んでおれば一年ほどで本復する、とただちに診立てがありました。神のごときお方だと、そのときは心底ありがたく思ったものです」

「そんなうまい話に……裏があったわけだね」

季川がいくぶん声を落とした。

「さようです。薬というのは、朝鮮人参などの高価な薬草を煎じて呑むものでした。初めはそれをただでいただいたのです。おえんもずいぶんとありがたがっておりました。ところが、次の診立ては浄庵ではなく弟子の代診で、ほんのわずかで終わって同じ薬を出されました。今度は薬代がかかるけれども、一年かけて少しずつ払えばいい、その内訳はほれこのとおりと、浄庵の弟子はにこやかに紙を示しました。たしかに、その月々の払いだけを見れば、わたしどもでも労せずして払えるお代だったんです」

幸吉はまた猪口の酒を呑み干した。

隠居が黙って注ぐ。

「これはかたちだけだ、と証文を出されました。一年後にきちんと払い終えてもらわないと、ほかの患者さんの薬の仕入れにも関わるので、払い忘れのないように、ここに名前を、と筆を持たされました。証文にはなにやらむずかしそうなことが書いてありましたが、わたしには学がありません。かたちだけだという弟子の言葉を信じて、うかうかと名前を書いて、指判を捺《お》してしまったんです」

「それが後々に効いてきたわけか。あこぎなことをしやがる」

長吉が舌打ちをした。

「その薬代には、結構な利息がついていたわけですね？」

眉をひそめて、おちよがたずねた。

「そのとおりです。それも、積もり積もれば馬鹿にならない金になるような仕掛けになっておりました。証文をよくよく読めば……わたしに深いところまで読めるような学があれば、突き返すこともできたはずです。なのに、そのときはまだ浄庵は人を助ける名医だと思っていたもので、考えがそこまで至りませんでした」

「無理もねえ。そんな苦しい思いをしている人の弱みにつけこんであこぎな金をもうけてるわけだ、川上浄庵っていう医者は。そんなやつの不浄な金をうしろ盾にして、黄金屋は施し顔をしてただで呑み食いさせている。とすりゃ、客も同じ肚《はら》ってことにならあな」

「いちばんのうしろ盾は、助金屋っていう札差らしいよ、おとっつぁん」

「どうせ一つ穴のむじなだろうぜ。道理で空気が悪かったはずだ」

長吉は吐き捨てるように言った。

話はこれからつらい坂に差しかかろうとしていた。さっと焼いた椎茸を薄く切っている時吉にも、それは察しがついた。

「おえんの病は一進一退でした。焼き飯はやめて、わたし一人でもつくれる料理に絞り、調子のいいときだけ手伝ってもらうようにしていました。玉子が余ったら、少しでも精がつくようにと、おえんにまかないをつくって食わせてました。それやこれやで一年が経ったとき、取り立ての男がやってきたんです。薬代は毎月払ってるはずなのに妙な話だ、何かの間違いじゃないかと思いました。ところが……」

「証文を見せられたわけか」

長吉が訊く。

幸吉は黙ってうなずき、猪口に手を伸ばした。

その息を見計らって、時吉は次の肴を出した。

長芋と焼き椎茸の梅和えだ。

拍子木切りにした長芋と薄く切った焼き椎茸を梅肉で和える。梅だけだと酸味が強すぎるから、醬油と三温糖をわずかに加えてまろやかにする。わざわざ仕入れなくてもいい梅干を使った苦肉の一皿だが、師の長吉は「これでいい」と目で答えてくれた。

幸吉は少し箸をつけ、酒を呑み干すと、一つ重いため息をついてから話の難所にさしかかった。

「薬代を毎月払ったとしても、同じだけの利息がまるまる残るような仕掛けになっていたんです。取り立ての男は、ほれこのとおり、と証文を示して勘定を述べました。これも払わないと、さらに利息がかさんでいきます。見世のあがりだけじゃとても払えないような按配にいつのまにかなっていました、その日を境に、いくらかよくなっていたおえんの病は元の木阿弥《もくあみ》、いや、もっと悪くなってしまいました」

「ひでえことをしやがる。そんなのは医者じゃねえ」

長吉はひざをばしっと手でたたいた。

「文句を言いに行かなかったんですか、浄庵のところへ」

これも立腹の面持ちで、おちよがたずねた。

「行きました。ところが、ほとんど門前払いで話を聞いてくれません。業を煮やしたわたしは、豪勢な黒塗りの法仙寺《ほうせんじ》駕籠《かご》で往診に出かける浄庵に直訴《じきそ》しました」

また間があった。

「その首尾は？」

酒を注ぎ、季川が問う。

「『証文に何か文句でもあるのなら、どこへなりとも訴え出なさい。あなたは万事、料簡済みで、名を記して指判をついているはず。あとになってどうこう言われても、こちらは戸惑うばかり』とけんもほろろの言い方でした。駕籠はこわもての男たちが護っています。そのうち、汚いものをどけるようなやり方で、道端へほうり出されました。わたしはそこで男泣きをしました。あまりにもわが身が情けなくて……」

幸吉は額に手をやった。必死に涙をこぼすまいとしている。

「汚ねえのはどっちだ」

「ほんと、医者として情けないのかしら」

父と娘が口をそろえてなじる。

「で、訴えはしなすったのかい？」

隠居がやわらかい口調で問うた。

幸吉は首を横に振ってから答えた。

「出るところへ出ても、おおかたまた門前払いでしょう。泣き寝入りをするしかありません。証文を読めなかったわたしが悪い。かくなるうえは、身を粉《こ》にして働いて借金を返すしかないと料簡しました。ただし、見世は閉めて」

次の肴をつくりながら、時吉は胸のつまる思いで聞いていた。料理人が見世を閉めて、理不尽な借金を返すために働きに出なければならない。そのつらさはよく分かるつもりだった。

「そのうち、浄庵の手下《てか》の男がやってきました。胸が悪くなるほどていねいなしゃべり方をするやつでした。『利息分を返すのはなかなかに骨かと存じます。そこで、もしよろしければ、手前が割のいい仕事を按配してまいりますので。ちいとばかり体を動かしてもらうことになりますが、半年も根《こん》を詰めて励んでいただければ、きれいさっぱり返し終えることができましょう。悪いようにはいたしませんので』と嫌な笑顔で言います。背に腹はかえられません。わたしは金を返すために、つらい普請場の人足仕事に出ることにしました」

「それで、日焼けをなすっていたわけだね？」

と、隠居。

「お恥ずかしいかぎりです。ただ……借金だけなら、どうとでもなったんです。とにかくわたしが働いて返せばいいだけのことですから」

「すると、おえんさんが……」

油揚の油抜きを手伝いながら、おちよが言った。

「あいつには、よくよく言って聞かせていたんです。『悪いのはわたしだ。おまえが気に病むことは何もない。借金は働いて返すから、心安んじて養生しなさい。もう浄庵の薬とは手を切って、ほかの医者に代えればいい。病は気から、だ。こたびのことは往来で犬にかまれたと思えばいい』と、そんなふうなことを言って、背負ってしまった荷物を軽くしてやろうとしました。ですが……おえんは、わが身が悪い、わたしが病にさえならなければ、こんなことにはならなかった、見世を閉めてあんたが人足仕事に出ることもなかった、と、暗い顔でそんなことばかり言うようになってしまいました」

「気鬱《きうつ》になっちまったんだね。かわいそうに」

銚釐《ちろり》の酒を手酌で猪口に注いで、隠居が言った。
のどか屋はまた静かになった。
外を通る甘酒売りの声だけが響いてくる。

あまざけ、あまざけ……。

一杯、八文。

どことなく物悲しい声だ。
上方《かみがた》では夏だけのあきないだが、江戸では秋も回ってくる。
「ほんに、かわいそうなことをしました」
幸吉は絞り出すように言った。
また言葉がとぎれた。
時吉は次の肴を出した。
酒だけでもいいかもしれない、とも思った。
だが、できれば、少しでも幸吉の心がやわらぐような料理を出したかった。
肴は三河島《みかわしま》菜と油揚の煮浸しだった。菜っ葉の軸のところを胡麻油で炒め、少し遅れて葉を入れる。ややしんなりしたらだしを張り、油揚を加えて味をしみこませる。しゃきしゃきした菜っ葉と油揚の嚙み味の違いも楽しめる一品だ。

それを食すなり、幸吉がずっとこらえていたものが一枚板の上に、つ、としたたり落ちた。

涙だ。

「どうしなすった？」

隠居がやさしく肩に手を置いた。

「あいつが……おえんが好きだった味で。ふっと胡麻油の香りがして、だしが按配よくしみていて、どこかなつかしい……そんな味です」

「ありがたく存じます」

時吉は頭を下げた。

「あいつにも、これを食わせてやりたかった……そう思うと、なんだかたまらなくなってきまして」

幸吉の言葉で、話の道筋のあらましは分かってしまった。おえんの病が癒え、いまも元気でいるのなら、こんな話にはならない。

「軸のとこがうめえな」

長吉がぽつりと言った。

ややあって、幸吉は両手を合わせ、箸を置いた。

そして、つらいばかりの最後の幕を語りはじめた。

「ある日、湯屋から戻ったわたしが見たのは、変わり果てたおえんの姿でした。あいつは……世をはかなんで、縊《くび》れて死んでおりました」

おちよが息をのんだ。

しかし、何も言わなかった。いや、言えなかった。

「どこからか縄を持ってきて、柱の出っ張りにくくりつけて、首を吊っておりました。あのときから、ずっと時が止まっているような気がします。わたしはあわてておえんを降ろし、体をゆすりました。『おえん！　おえん！』と叫びながら、なんべんもなんべんもゆすりました。ですが、あいつは目を覚ましてくれません。生きていれば……生きてさえいれば、いつかは借金を返して、あいつの病も癒えて、また前のとおりにのれんを出して、来てくださったお客さんに『ありがたく存じました』と……」

そこで声にならなくなった。

何か察したのかどうか、のどかが妙に物悲しい声でないた。

「つらい目にあったね」

いくらか経ってから、隠居が言った。

「書き置きとかはなかったのかい」

幸吉がうなずく。

長吉がたずねた。

「おえんは無筆だったもので、字は遺《のこ》していきませんでした。ただ……」

「ただ？」

「字の代わりに、半紙に絵みたいなものが描いてありました。と言っても、洒落たものなど描けやしません。あいつが遺していったのは手だけでした。こうやって、両手を合わせてる図で……」

幸吉は拝むしぐさをした。

「ごめんなさい、と」

大きな瞳に涙をためて、おちよが言った。

「謝らなきゃならないのは、わたしのほうです。浄庵を信用して、証文に判をついちまったばっかりに借金ができて、おえんは気鬱になって……」

「そいつぁ料簡が違うぜ、幸吉さん」

長吉がさえぎった。

「あんたもひどい目に遭ったんだ。本当に謝らなきゃならねえのは、人の弱みにつけこんで金を巻き上げてる悪い医者とその一味だ。川上浄庵だ。さらに言やあ、その浄庵の息がかかってる黄金屋金多も一つ穴のむじなだ。も一つ言やあ、黄金屋のからくりも知らずに、いい調子にただで呑み食いしてるやつらにも謝ってもらわなきゃ気が済まねえ」

「おとっつぁん、そこまで言うことはないでしょうに」

「いや、かまわねえ。幸吉さんみたいに泣いてる人は、この江戸にほかにもたんといるだろう。その涙の金を絞り取って、てめえらがただで呑み食いしてやがるんだ。謝ってもらわなきゃ困るぜ」

長吉は憤然として冷や酒をあおった。

「それなら、わたしも謝らなければなりません」

「どうしてだ、時吉」

「金多はのどか屋への意趣返しのために、同じ町内にただで呑み食いさせる見世を出したんです。そのうしろ盾は、札差の助金屋と医者の川上浄庵。ということは、わたしのために不浄の金をつぎこんで……」

「あんたが謝ることはないよ」

おちよがすぐさま言った。

「おれもそう思う。謝ってる暇があったら、黄金屋へ乗りこんで啖呵《たんか》でも切ってきな。おまえのうしろ盾になってる川上浄庵っていう医者は、いったいどういう金もうけをしてるんだってな」

師の言葉は、時吉の心の臓に突き刺さった。

たしかに、そのとおりだ。

同じ料理人として、心があるなら、恥じよ、と金多に言いたかった。

「わかりました。明日にでも、黄金屋に乗りこんできます」

時吉はきっぱりと言った。

「その意気だ」

「そうこなくちゃ」

父と娘の声がまたそろった。

「ところで、幸吉さん」

残り少なくなった銚釐の酒を注いで、隠居が言った。

「あんたが見世先でほうきを使ってるところは見かけたことがあるんだが、まだ月に一度、のれんを出してるじゃないか。あれはどういうことだい？」

「はい……おえんの月命日に合わせて、月に一度だけ、のれんを出すようにしています」

幸吉はそう言って、猪口に少し口をつけた。

「なるほど、月命日か」

「人足仕事が入っていても、その日だけは、遅くからでものれんを出します。もう閉めたと思ってる人も多いですから、お客さんが一人も来なかったりしますが、なに、それでもいいんです」

幸吉は一つしんみりとうなずいた。

「おえんさんが、来ますものね」

おちよがそれと察して言った。

「思い過ごしかもしれませんが、そんな気がするもので、毎月、あいつの月命日だけは見世を開けています」

「これから、どうしなさる？」

隠居が温顔で問うた。

「借金はまもなく返し終わります。ですが……おえんはもうおりません。子宝に恵まれませんでしたし、親兄弟も早く亡くしましたから、ほんとにわたしだけになってしまいました。残っているのは、おえんとともに切り盛りしてきたあの狭い見世だけです。ほかにはなんにもありません」

「すると、また見世を？」

今度は時吉がたずねた。

「そのつもりです。あいつと一緒につくった焼き飯を、一人でつくります。それと玉子の料理を組み合わせて、一からやり直すつもりです」

「そりゃあ、いい。前を向いて行きな」

長吉の目尻に、久々にしわが浮かんだ。

「あいつが死んだときは気落ちして、わたしも……と思いました。その次は、人足仕事でおのれの体を痛めつけようとしました。やらなくてもいい仕事まで買って出て、肩が悲鳴をあげるまで動かしつづけました」

幸吉は右の肩に手をやった。

「そのうち、はたと思い当たったんです。これだけ体を痛めつけて頑丈になれば、もっといい焼き飯がつくれる、と。左手で団扇をあおいで勢いのいい火をおこし、右手一本で鍋を振る。具や醤油などをおたまですくって入れる場所をちゃんと按配しておけば、よそでは味わえないぱらりとした焼き飯をお出しできるんじゃないか、と」

「うまそうですね。ちよと一緒に食べにいきますよ」

「それはぜひ」

幸吉は頭を下げた。

のどかが座敷で大きな伸びをする。

のどか屋の一枚板らしいほっこりした空気が、ようやく少し戻ってきた。

第五章　黄菊飯《きぎくめし》

一

時吉は黄金屋ののれんをくぐった。

昼の時分どきは外してきたのだが、座るところを見つけるのに苦労するほどの混みようだった。

「いらっしゃいー。こちらへお願いいたしますー」

言葉の尻を妙な具合に延ばして、お運びの娘が案内した。

目鼻立ちは整っているが、顔色は芳しくない。時吉を見る目にはどこか膜がかかっているかのようだった。

「今日の飯は？」

「鯛の黄菊飯でございますー」

と、また語尾を延ばす。

「では、それで」

娘は軽くうなずいただけで、礼もせずに去った。

厨は見えるが、金多はまだ気づいていない。ほかの料理人をあごで使っている様子が見えた。

見かけより奥行きのある構えだった。後架《こうが》も見世の中にある。雇い人の部屋なのかどうか、いちばん奥にも引き戸が見えた。

「おい、あれ」

座敷の隅に陣取っていた職人衆の一人が小声で言った。

「なんでえ」

「ほれ」

と、時吉を指さす。

連れの男は、気づいてにわかにあいまいな顔つきになった。

「こりゃ、どうも」

「とんだご無沙汰で」

かつての常連にそう言われたから、時吉も笑顔をつくって、

「たまには、のどか屋のほうにもお運びください」

と言っておいた。

のどか屋、と聞いて、座敷の隅に陣取っていた男が顔を上げた。

あいつだ。

のどか屋へふらりと現れ、おちよにいろいろな聞き込みをしていた男だ。浪人者のなりをしたあの謎めいた男が黄金屋の座敷にいた。やはりここの回し者だったらしい。

何かもめごとがあったとき、すぐ手を打てるように座敷に控えているのだろう。腕の立つ食い詰めた浪人者を飼うことくらい、黄金屋ならいともたやすいはずだ。

時吉はそう料簡した。

「相済みません。ちいとばかしご無沙汰してしまいまして」

黄金屋ができるまではよく通ってくれた職人は、そう言って額に手をやった。

「あいにくここんとこ雨だったもんで、出職《でじょく》は商売になりません。そこでまあ、しょうがなくただで呑み食いさせてくれる見世のほうへ通ってたってわけで……えへえへ」

連れの男は笑いでごまかそうとした。

筋はまったく通っていなかった。ここんとこ、と言っても、たかだか二日のことだ。

その前から黄金屋は見世を開いている。見え透いた嘘だったが、時吉は文句を言わなかった。

「大人数のときは、ここではとても入らないでしょう。またよしなに」

笑みを浮かべると、職人衆は口々に答えた。

「え、ええ、そりゃもちろん」

「いずれ、また近いうちに」

「べっぴんのおかみの顔も恋しくなってきたし」

「そうそう。ここの娘は小町ぞろいなんだが、どうも愛想がなくていけねえ」

「みんな似たような感じでよう。酒でも呑まされてるみたいだ」

その娘の一人が、飯を運んできた。

「お待ちどおさまですー」

気の抜けた声を発し、時吉の前に器を置いた。

驚いたことに、盛絵《もりえ》の鉢に飯が盛られていた。紅と青の紅葉が盛り上がるように外側に付けられた器は、まず目で喜び、続いて触って楽しむことができる。

手間のかかる技法で、いかにも値の張りそうな器だが、見たところどの客にもこの器が出されていた。黄金屋のそこここで、いささか気の早い紅葉が互いに妍《けん》を競っている。

黄菊飯と銘打たれているだけあって、器の中身はいちめんの山吹色だった。その中に、白い鯛の切り身が散らされている。宝のように光っている。

時吉はさっそく食してみた。

酢飯だった。

黄色の正体は、沢庵《たくあん》と錦糸玉子だ。濃淡が違う山吹色と鯛の白が、ほどよく混ざっている。

何か青みがほしいところだが、あえて器の中には入れず、盛絵の紅葉で補ったのは大胆な趣向だった。

噛むと、こりっと音がした。

鯛と香の物で噛み味が異なる。そのあたりも楽しめるし、酢飯の按配も濃からず薄からず上々だった。

ただ……。

何かが足りない、と時吉は思った。

鯛の塩加減ではない。錦糸玉子の出来でもない。

ほどなく、時吉は気づいた。沢庵の味が浅すぎるのだ。

鯛の香の物ずしなら、時吉もつくったことがある。

じっくりと漬けこんだ沢庵の味の深みと、新鮮な鯛の身。その二つの「時」が同じ器の中で合わさるところに、料理の妙味が生まれる。

しかし、黄金屋が漬けた沢庵はいかにも浅かった。見てくれはうまそうな色に染まっているが、味に深みがなかった。

「お待ちどおさまですー」

べつの娘が座敷に料理を運んできた。お運びの娘も沢庵の漬かり方も同じだ、と時吉は思った。

いや、元をただせば、あるじのせいだ。黄金屋金多はうわべだけを飾っている。極上の素材を仕入れ、いい器を使い、見てくれのいい料理を出している。

だが、芯が通っていない。

たましいが入っていないのだ。

金箔を塗っただけの、張りぼての仏像のようだった。見栄えはいいが、中に宿るものがない。

時吉はそう考えたが、客たちの評判は違った。

「うめえなあ」

「鯛がこんなに入《へえ》ってて、ただなんだぜ」

「後光が差してら」

「ありがてえ、ありがてえ」

両手を合わせて、器を拝んでいる者までいる。

見世の一角には、酒樽がこれ見よがしに積んであった。上方から運ばれてきた銘酒ぞろいだ。

剣菱《けんびし》もある。上様の御前酒にもなった上等の酒だ。

時吉は顔をしかめた。

これだけのものを仕入れてただでふるまっているのは、間違っても施しではない。本当なら施しを受けるべき者たちから絞り取った金が、めぐりめぐって使われているだけだ。このにぎわいの裏では、多くの人たちが泣いている。

そう思うと、香の物の浅さがなおさら気になった。

花茣蓙《ござ》と洒落た長床几《しょうぎ》を按配した土間の客が少し減ったかと思うと、また一群が入ってきた。

これもなじみの大工衆だ。

「入れなかったらのどか屋へ行くしかなかったとこだぜ」

「金を払って呑み食いするのは願い下げだからな」

「でもよう、よその土地へ行ったら、勝手が違って困るかもしれん」

「そりゃそうだ。ただでこんなにうめえもんを呑み食いさせてもらえるのは、岩本町の黄金屋だけだからな」

「銭を取るのどか屋とは大違い」

「おい……あそこ」

「あっ」

「聞かれちまったぜ」

「いけねえ、のどか屋が！」

　大工衆の一人が大きな声をあげた。

　そのせいで、黄金屋が気づいた。

　ややあって、厨のほうから女装の料理人がゆっくりと歩み寄ってきた。

二

「これはこれは、よくお越しいただきました、のどか屋さん」

座敷に歩み寄った金多は、両手を組んで礼をした。

「今日は舌で修業させてもらおうと思ってね」

「それは光栄至極。味くらべでこのわたしを一蹴した格上の料理人にわざわざお越しいただいて、まことに汗顔《かんがん》の至りです。わが黄金屋の格も上がり、のどか屋のように繁盛すること間違いなしですね。はははは」

のどか屋に閑古鳥が鳴いていることは、座敷の隅に控えている回し者から聞いているはずだ。にもかかわらず、金多はぬけぬけとそんなことを言った。

「うちは暇で仕方がないんだがね」

「ほほう。それはまたどうしてでしょうねえ」

黄金屋金多はわざとらしく首をひねってみせた。

今日の小袖はいちだんと派手だった。富士のお山の頂に、金色《こんじき》の後光が差している。その空へつがいの丹頂鶴が翔び立っていくという、馬鹿馬鹿しいほどおめでたい図柄だ。

「うちはあきないでやっている。よって、それなりに料理のお代をいただいている。ただのふるまいなどはできない」

時吉が来ていることは、もう見世じゅうに知れ渡っていた。

ただのふるまいでこのうえなく繁盛している黄金屋と、ずっと閑古鳥が鳴いているのどか屋。二人のあるじが言葉を交わしている。さて、成り行きやいかに、とみなかたずを呑んで見守っていた。

「わたしも、胃の腑の痛む思いでふるまいをしてるんですよ」

金多は舶来生地と思われる帯に手をやった。

美食のせいで出た腹を、ふわりとした帯でごまかしている。帯締めは金と朱の派手な市松模様になっていた。

「あんたの腹は痛まないはずだが、黄金屋さん」

時吉はまず軽く斬りこんでみたが、金多は動じなかった。

「とんでもございません。来る日も来る日も持ち出しで、ほんに大変で。そうだね？桜丸」

うしろに付き従っている小姓のような者に向かって言う。

「はい、大変です」

頭のてっぺんから抜けるような声が返ってきた。

「あとで知ってほぞを嚙んだのですが、この町ではすでにのどか屋さんがのれんを出されているではありませんか。なにしろ、あの味くらべでまったく歯が立たなかった相手です。尋常な勝負をしていたのでは、かなわないことは火を見るより明らかです。これは困った。満を持して初めて見世を構えるのに、江戸でいちばんまずい町にのれんを出すことになろうとは、この世には神も仏もないものかと」

金多は芝居がかったしぐさで天を仰いでみせた。

「初めから万事承知のうえで、この町に見世を出したんじゃないのか？」

「滅相もない。ほんに天のいたずらでしてね」

「ま、そういうことにしておこう」

「とにかく、のどか屋さんが先にのれんを出されていたからには、思い切った策を講じなければとても勝負にはなりません。そこで、わが腹が痛むのは耐え、当分のあいだ呑み食いただという手を打ってみた次第で。苦肉の策でございますよ」

金多がそう言うと、あまり物事の裏を読んだりしない職人衆が口をはさんだ。

「そりゃ、のどか屋のおかげだな」

「とすりゃあ、あんまりご無沙汰してるのも悪い。今度、のどか屋にも行ってやるよ」

「そうかい、のどか屋と張り合うためだったのかい」

気のいい男たちは、金多の言うことを鵜呑みにしてしまった。

「そろそろちょっとでもお代をいただこうかと思ったりするんですが、なにぶん相手がのどか屋さんだ。値をつけたとたんに、潮が引くみたいに客がそっちへ行ってしまう、黄金屋には一人も客が入らなくなってしまう。それが案じられて、なかなか踏ん切りがつきませんでねえ」

化粧をした顔に、金多は憂いの表情を浮かべた。

「ずっと踏ん切りがつかねえと、うちらは助かるがな」

「まったくだ」

大工衆が声を飛ばす。

「そりゃそうだが、肝心の見世がつぶれちまったら元も子もねえ。これだけのうめえ料理と酒だ。ちいとばかしのお代じゃ悪いくらいだぜ」

「おう、そのとおり。値がついたら見限るほど薄情じゃねえつもりだぜ」

「料理ばかりじゃねえ。お運びは小町ぞろい、器だって、のど……」

一人があわてて口をつぐんだ。

たしかに、のどか屋ではどう間違ってもこんなぜいたくな器は出せない。出すつもりもない。

器はおちよが草市などでよく掘り出してくる。上等でも美濃焼や瀬戸物で、好んで用いているのは、派手さはないが実《じつ》のたしかな笠間《かさま》焼だ。目立たないように焼き接《つ》ぎが入っているものもある。ぎやまんや舶来品まで使っている黄金屋とはまるであべこべだった。

のどか屋の料理は、大料理ではない。

小料理だ。

その「小」に心意気がこもっている。

だから、質素な器が合う。派手めかしただけの器は、たとえただでもらったとしても使うことはあるまい。

「これは伊勢の安東《あんとう》焼でしてね」

紅葉の盛絵の器を手にとって、金多が講釈を始めた。

「これだけのものを集めるのは、なかなか大変でした。もともとは萬古《ばんこ》焼なんですが、津の藤堂《とうどう》藩に招かれた浪々瑞牙《ろうろうずいが》という陶工が始めたものです。古九谷《こくたに》も考えたんですがね。黄菊の入っていない黄菊飯を盛るには、この程度でいいかなと」

　金多はそう言って、ぞんざいに器を置いた。

「料理の名になっていた黄菊は、ただの見立てなのか？」

　時吉はたずねた。

「酢に漬けた菊の花を混ぜることも考えたんですがね。酢飯と食い合うし、そこまでしなくても見立てだけでよかろうと。錦糸玉子と刻んだ沢庵。どちらも黄色で箸が迷うような趣向です。ということは、もちろんあの和歌を踏まえてましてね。ご存じですよね、のどか屋さん」

「わたしは元武家で、和歌などはあいにく不調法だ」

「ほほう、そうですか。ご存じなかったですか、あんなに高名な歌を」

　金多は大仰に驚いてみせると、凡河内躬恒《おおしこうちのみつね》の歌を厭味な節をつけて吟じた。

「心あてに　折らばや折らむ　初霜の　置きまどはせる　白菊の花……ま、それの本歌取りで黄菊にしてみただけの、いたって曲のない料理ですが」

「いや、けれん味たっぷりの、それしかないような料理だがな」

「ほほう……。味もそれなりのものにはなっていると思いますが。鯛は極上のものを仕入れてますし」

「鯛はいいが、沢庵が浅すぎる。時の深みがない」

時吉は忌憚《きたん》なく言った。

「これはこれは、じきじきのご指導、痛み入ります」

金多は顔をゆがめながら礼をした。

「やはり番付にも載った見世の料理人は、舌が違いますな。修業になります。いま少し腕が上がれば、お代をいただいても太刀打ちできるようになるでしょうか。それまでは、身を切りながら、ただのふるまいを続けるしかありますまい」

と、嘆息する。

「身を切ると言ったな」

時吉はおもむろに立ち上がり、金多と向かい合った。

「申しましたが、何か?」

「本当におまえの身を切っているのか？　うしろ盾になっている者からもらっているだけじゃないのか？」

時吉は皮肉を言ったりはしない。正面から問うた。

「ほほう、それは異なことをおっしゃいますな」

ここで客から声があがった。

「のどか屋の言うとおりかもしれねえぞ。だれかうしろ盾がついてなきゃ、ここまでのふるまいはできやしねえ」

「おれらはありがたくいただいてるんだ。文句を言っちゃあ罰が当たるぜ」

「文句じゃねえさ。それはそれ、これはこれだ」

「どう違うんだよ」

「分からねえやつだな。ちったぁ頭を使いな」

「おう、上等だ」

という調子で、思わぬ言い合いが始まってしまった。

これは座敷にいた例の回し者がにらみを利かせてすぐさま収めた。やはり用心棒として雇われているのだろう。落着すると、男はいつもの帖面を開き、しかつめらしい顔で何事か記しはじめた。

「この見世の引札は読ませてもらった」

一段落ついたところで、時吉は切り出した。

「助金屋という札差が名を出していた。そこから金が出ていることは、火を見るより明らかだろう」

「まあ、多少のご祝儀は頂戴しましたが、食材の仕入れなどはわたしの腹から出てるんですよ。言いがかりはやめていただきましょう」

金多はただちに突っぱねた。

「まあ、いいだろう。助金屋については、ひとまずおくことにしよう」

息を一つ入れてから、時吉はさらに踏みこんだ。

「助金屋のほかに、もう一人、引札に名を出していた人物がいた。本道の医者の川上浄庵だ」

「ええ。長年、わたしの料理をひいきにしてくださっている方で、そのよしみで引札にもお名を」

「見世にも顔を出すそうだな」

「よくご存じで。お忙しい方ですから、しょっちゅうというわけにはまいりませんし、この見世の客筋ではそう凝ったものもお出しできないんですが」

金多はまた客を見下すようなことを口走った。

「その川上浄庵を仇と恨んでいる者を知っている。その人ばかりではない。多くの者が恨みに思っていることだろう」

見世の中がにわかにざわつきはじめた。

回し者と思われる男がまたひとしきり矢立を走らせる。

「それは穏やかならぬ話ですな。浄庵先生は南蛮わたりの医術にも通じた名医ですぞ。病を治していただいて先生を神と拝むのならともかく、よりによって仇とは……いやはや、これは驚きました」

金多は目をむいた。

「浄庵っていう医者にかかって死んじまったのかい」

大工衆の一人がたずねた。

「医者ってのも因果な商売だぜ。寿命で死んだのに、てめえの落ち度で恨まれたりしちまうんだからな」

「まったくだ」

「なかには治せねえやつもいるからよ」

大工衆は勝手な料簡をした。

「そうではない。黙って聞いてくれ」

声に芯を入れて時吉が言うと、見世はにわかに静まった。

「浄庵のやり口はこうだ。初めのうちは薬代も取らない良医としてふるまう。病人の家族をこうして信用させ、高価な薬漬けにしてしまう」

「高価と言っても、その薬を使うしか打つ手がないのなら仕方がないじゃないですか。

ねえ、桜丸」

金多は振り向き、またお付きの者に同意を求めた。

「はい、仕方がないです」

「黙って聞け！」

業を煮やした時吉が一喝すると、小姓はべそをかきだした。

「で、浄庵はどうした？」

「それからどんなやり口を使うんだい」

職人衆が乗ってきた。

「薬代はすぐ払わなくてもいいと安心させる。一年をかけて、少しずつ払えばいい。ただ、一年後に払い終えてもらわないとほかの患者さんの薬の仕入れにも関わるからと言って、証文に判をつかせる。かたちだけだと言っていた証文には、実はとんでもないことが書いてあるんだ。学のない者にはとてもからくりが読めないようなむずかしい言葉でね」

「そりゃおっかねえ」

ただちに声が響いた。

「おいらなんか、すぐ引っかかるぞ」

「おめえは無筆だからな」

「おめえだって、学があるわけじゃあるめえに」

「ま、似たようなもんだ」

「で、その『とんでもないこと』ってのは？」

職人が先をうながした。

「いつのまにか、馬鹿にならない額の利息がついていることになる。座頭の烏金《からすがね》とおっつかっつのあこぎな金だ。返せなかったら、つらい人足仕事などをやらせて、無理にでも取り立てる。わたしの知り合いで、浄庵にかかっていた女は、夫に借財を負わせてしまったことを気に病んで気鬱《きうつ》になり、哀れにも自ら縊れて死んだ。浄庵が殺したようなもんだ」

奥のほうで器の割れる音がした。

「す、すみません……」

お運びの娘があわてて拾う。

「そりゃ、ひでえことをしやがる」

「とんだ食わせ者だ」

「許せねえぞ、浄庵ってやつは」

「そう言や、こないだ来てやがった。いかにも金を持っていそうなやつだった」

「今度来たら、とっちめてやれ」

場はにわかに「浄庵許すまじ」の空気に染まった。

「よくもまあ、そんな口から出まかせが言えますね」

金多が顔をしかめた。

「つれあいに死なれて頭でもおかしくなったんでしょう、その男は。そのせいで、ありもしない話を作ってしまう。本当は早く医者に診せなかったてめえが悪いのに、すべて人のせいにしてしまう。あの良医の浄庵先生に、そんな濡れ衣を着せるとは。のどか屋さんともあろう者が、そんな見え透いた話を鵜呑みにしてしまうとは。さてもさても情けないことですな」

「黙れ!」

時吉は顔に朱を散らした。

「呑み食いがただのふるまいなど、一介の料理人にできるはずがない。札差や良医の面をかぶったあこぎな金貸しをうしろ盾にした不浄の金で、この黄金屋は成り立っている。哀れな人々から絞り取った涙の金で、客はただの呑み食いをしているんだ」

気をこめて言うと、時吉は座敷をひとわたり手で示した。

「うへっ、面目ねえ」

「そうとは知らず、おいら、いい調子で呑み食いを」

「そんなからくりがあったとは知らず、許してくんな」

「南無阿弥陀仏、南無阿弥陀仏……」

両手を合わせたり、念仏を唱えたりする者もいた。

「哀れなものですな」

黄金屋金多はいやに落ち着いた声で言った。

「一時は番付にも載った料理人なのに、客が来なくなったらこの始末だ。繁盛している商売敵の見世に乗りこんで、根も葉もないことを口走り、どうにかして客を取り戻そうとする」

「根も葉もないことではないぞ」

「まったくの言いがかりですよ。わたしはこれまで、身分の高い方や裕福な上得意だけを回る料理人としてずいぶんと稼がせていただきました。その蓄財がたんとありま す。そりゃ、札差の助金屋様からも多少の援助はしていただいております。でも、下々の客を相手にしたこの程度のふるまいではびくともしませんよ」

初めに言っていたこととはずいぶん違うが、金多はしれっとした顔で続けた。

「それなのに、不浄の金で黄金屋を開いたかのように言われるのは、まったくもって理不尽なことです。この際、出るところへ出てもいいんですが、のどか屋さんの顔に免じて、それはやめておきましょう」

「出るところへ出る？　それは望むところだ。浄庵や助金屋をたたけば、ずいぶんとほこりが出るだろう」

時吉は動じずに言った。座敷の浪人がにやりと笑う。

「いったいどっちが本当なんだ？」

「わけがわかんなくなってきたぞ」

「どっちの言うことを信じたらいいんだよ。おいらの知恵じゃ分かんねえ」

「ほんに、頭が痛《いて》えぞ」

職人衆が頭を抱えた。

「おお、そうだ。名案があります」

金多は両手を打ち合わせた。

「なんだ」

「もう一度、二人だけで味くらべをやってみるという趣向はどうでしょうかねえ。ただし……」

　少し見栄を切るようなしぐさを入れると、金多はいくぶん声を低めて言った。

「のれんを賭けて」

「のれんを？」

　時吉は問い返した。

「そうです。のどか屋さん、あんたは言ってはならないことを言ってしまった。うちののれんを客の目の前で引き裂いたようなもんだ」

「べつに言いがかりをつけにきたのではない。そのとおりのことを言ったまで。何も知らないお客さんに浄庵の素顔を知らしめたまでだ」

「それが言いがかりなんですよ。ま、いいでしょう。いくら問答をしても堂々巡りだ。そこで、味くらべです。いい案を思いつきました」

　いま思いついたにしてはよどみのない口調で、金多は言った。

「岩本町は狭い町だ。料理屋が二軒あっても仕方がないでしょう」

「おれはべつにあってもいいがな。いずれここが銭を取るようになったら、天秤にかけて見世を選べる」

　大工の一人が口をはさんだ。

「おめえに訊いてねえだろうが。黙って聞いてな」

「だってよう、負けたほうがのれんを下ろしちまうんだぜ」

「それなら、またべつの町で出しゃいいじゃねえか」

「そうです」

客の声を受けて、金多が言った。

「たとえ味くらべで負けても、料理人をやめろとは言いません。もしわたしが負けたとしても、包丁を置くつもりはない」

「それはこちらも同じだ」

時吉はすぐさま言った。

「賭けるのはただ一つ、この町に出す見世ののれんです。両雄並び立たずと言うではありませんか。岩本町の料理屋といえば、黄金屋か、のどか屋か、どちらか一つでいいでしょう」

金多は指を一本立てた。

「そいつぁ考えだ」

「岩本町で一杯と言やぁ、あの見世と、江戸じゅうに名が響くようになるぜ」

「なるほど、のれんを賭けた味くらべか。こいつは面白くなってきた」

こういう趣向は江戸っ子の琴線《きんせん》に触れる。客たちはにわかに身を乗り出してきた。

「もちろん、味くらべは公開でやります。みなさんがたにも判じ手になってもらいますからね」

金多は笑顔で言った。

「えっ、おれらもかい」

「そりゃ大役だぜ」

「舌を鍛えとかなきゃ」

客の一人がべろを出す。

「そうやって、浄庵の件をうやむやにするつもりだな？」

時吉は冷ややかに問うた。

「そんなつもりはさらさらありませんよ。それに、判じ手の一人はお天道様です」

と、天井を指さす。

「お天道様？」

「そうですよ。どちらも腕に覚えのある料理人だ。味くらべの軍配がどちらに上がるか、これは神のみぞ知るところでしょう。もしのどか屋さんが言うように、浄庵先生があこぎな金もうけをしているのなら、軍配はのどか屋さんに挙がるでしょう。逆に、まったくの濡れ衣だったとしたら、わたしのほうに挙がるはず。お天道様はいまの話を聞いていて、どちらが正しいか、もう思案をされていることでしょう」

金多はうまく言いくるめた。

「旗を挙げる判じ手は、お客さんだけか？」

時吉は問うた。

「見世の客に旗はいらないでしょう。手を挙げてもらえば、多い少ないが分かるはず。それに加えて、それぞれの見世が判じ手を出します」

金多はここで、役者のような所作で指を一本立てた。

「一人ずつ、だな」

「そうです。黄金屋とのどか屋、それぞれが一人ずつ判じ手を連れてきます。見世のお客さんは、ひとまとめで旗一本ということにします。つまり、旗が三本あって、必ずどちらかに挙げるわけですから、勝ち負けはたちどころに決まるでしょう」

金多は話を進めた。

「それなら、つまるところはお客さんが判じることになりそうだな」

黄金屋の判じ手は黄金屋に、のどか屋の判じ手はのどか屋にどうしても肩入れするだろう。旗が一本ずつ挙がる。残る客の旗で勝ち負けが決まるのは明らかだった。

金多は薄笑いを浮かべただけで答えなかったが、客たちはすかさず口々に言った。

「やっぱりおれらが判じ手だ」

「えれえことになっちまったぞ」

「お天道様が乗り移ってくるかもしれねえぜ」

「おめえは頭がお天道様じゃねえかよ」

「がはは、違《ちげ》えねえ」

髷がすっかり薄くなった職人が、ぴしゃりと額を手でたたいた。

「公平な判じ手をお願いしますよ、のどか屋さん。こちらもそうしますので」

どこか肚《はら》に一物《いちもつ》ありげな様子で、金多は言った。

「分かった」

前の味くらべを思い返しながら、時吉は言った。

あのときは食通の判じ手が三人いた。紅白の旗を持ち、多く挙がったほうが勝ちになった。こたびは客が入るが、趣向としてはあれと同じだ。

「で、いつやるんだい？」

「まさかお代は取るめえな」

客が問う。

「来月、十月の初めの酉《とり》の日でいかがでしょう。場所は広いほうがいいので、うちにさせていただきます。ようございますね？」

　有無を言わせぬ口調だった。

「それでいい」

「では、そういたしましょう。ちなみに、お代はいただきませんので、心安んじてお越しください」

　金多はにこやかに言った。

「そう来なくちゃ」

「さすがは黄金屋」

　早まったか、と時吉は初めて思った。

　黄金屋で代金を取らずに行うのなら、利は黄金屋にある。よほど料理で差をつけないかぎり、旗はのどか屋には挙がるまい。

「煎酒《いりざけ》などの持ち込みは大丈夫だな？　それに、お題などは……」

「そのあたりは追って決めましょう」

　金多はすぐさまさえぎった。

「今日お見えでないお客さんもいますので、段取りが決まったら引札を配りましょう。その代金もこちらが持ちます。二人の料理人による、のれんを賭けた味くらべ。負けたほうは、出したばかりののれんを下ろして町を出ていかなければならない。こりゃあ江戸じゅうの評判になりますよ」

「楽しみ、楽しみ」

「こりゃこたえられないね」

声が飛ぶ。

時吉も肚をくくった。

やるしかない。

「お天道様はちゃんと見てるぞ。不浄の金で開いた見世ののれんは、わたしの包丁と心で切り裂いてみせる」

わが身に活を入れるように、時吉は胸をたたいてみせた。

「お手並み、とくと拝見いたしましょう」

金多は口をゆがめて言った。

三

「もうのれんはしまったほうがいいかも」

おちよが弱気なことを言った。

「まだ負けと決まったわけじゃない」

「そりゃ、正々堂々、腕で勝負ということになれば勝ち目は十分にあるけど、向こうには勝つ肚づもりがあるはずだから」

時吉から話の子細を聞いたおちよは、すぐさま「いけない」と思った。

はかりごととは無縁な人だ。いままでまっすぐに生きてきた。そのせいで、つらい目にも遭ってきた。

でも、黄金屋は違う。

ずるい世渡りなら、一枚も二枚も上手《うわて》だろう。

今度の味くらべにも、そんな臭いがする。

黄金屋とのどか屋が一人ずつ判じ手を出す。いくら公平に旗を挙げようと思っても、情というものがある。旗は縁のある見世のほうに挙がるだろう。

とすれば、残るは客たちだ。その挙手で勝敗が分かれる。

黄金屋のうしろには、札差の助金屋と医者の川上浄庵がついている。うなるほど金を持っているから、人ならいくらでも雇うことができる。

味くらべの当日、見世の座敷は黄金屋の息のかかった者で一杯になる。始まる前から勝ち負けが決まっている。

そう案じたおちよが弱気になるのも無理はなかった。

「よもやさくらは使うまいなと、黄金屋の使いが来たら問いただしてみる」

明日の仕込みをしながら、時吉はかたい表情で言った。

「ほんとに公平にやってくれるかしら。絶対何か仕掛けてくるはず」

「お天道様が判じ手だと金多は言った。食えないやつだが、同じ包丁を握る者として、それだけは信じてやろうと思う」

「じゃあ、向こうが勝ったら、浄庵の罪も消えるわけ？」

いささかむっとした顔で、おちよはたずねた。

「そういうわけじゃない。公平な味くらべをするというあいつの言葉だけは、同じ料理人として信じてやろうと」

おちよは言い返そうとしてやめた。

（おまえさんは人が良すぎるの。

だから、何か策のありそうな、のれんを賭けた味くらべなんかを引き受けてきてしまった。

でも……）

と、おちよは思い直す。

（たとえ向こうに策があって負けたとしても、命まで取られるわけじゃない。またべつの町で出直せる。三河町の見世が大火で焼かれたときもそうだった。一から炊き出しの屋台を引いてやり直した。

またそうすればいい。この人についていくしかないのだから）

おちよはもう何も言わなかった。

その後は、判じ手にだれを頼むかという相談になった。

「ご隠居さんなら、すぐ引き受けてくれそうだが」

時吉が一枚板の席を手で示した。

むろん、見世は休みだから姿はない。そこではやまとが丸くなって寝ていた。

母猫ののどかは座敷にいる。ずっと仲がいいわけではない。猫には猫の仁義のようなものがあるらしく、ときには「ふう」「しゃあ」と言い合って喧嘩をする。そのうち、また仲直りをして一緒に寝る。その繰り返しだった。

「でも、黄金屋は舶来風の味付けの料理も出してくると思うの。ご隠居さんには申し訳ないような気が」

「なるほど。判じ手は、出されたものは食べなければならないからな。前みたいに鳩肉の臼田さうす焼きなどを出されたら、ご隠居さんの胃の腑が驚いてしまう。それなら、同じ町内の人に頼むのがいいか」

「と言っても、湯屋の寅次さんや質屋の子之吉さんはあきないがあるだろうし」

「となれば……」

「残るは、一人だけ」

夫婦は顔を見合わせた。このあたりは以心伝心だ。

やまとが目を覚まし、前足を突っ張って大きな伸びとあくびをした。

「大きなあくびだね、やまと」

急にいっぱしの猫らしくなってきた子猫に、おちよは声をかけた。

猫は家につく、と言われる。

(味くらべに負けて、この町を出ていかなければならなくなっても、猫たちはちゃんとついてきてくれるかしら)

おちよの不安などどこ吹く風で、やまとはもう一度「ふわあ」とあくびをした。

「そりゃ大役だが、引き受けないとね」

家主の源兵衛が言った。

「ありがたく存じます」

時吉は厨から頭を下げた。

「向こうさんの判じ手は助金屋でしょうかねえ」

隣に座った季川が言う。

客はその二人だけだった。座敷はずっとがらんとしている。たまには行くと言っていた職人衆も、いざとなると顔を出しづらいのかどうか、いっこうに姿を見せない。

「それとも、いま話に出ていた川上浄庵か」

源兵衛は眉をひそめた。

浄庵のあくどいやり口についておちよが語ると、人情家主の顔つきが曇った。もしそんなやつの金でただの呑み食いをさせているのなら、黄金屋ののれんをこの町に出させておくわけにはいかない。源兵衛はそこまで言ってくれた。

「浄庵が出てきてくれるのなら、面と向かってとっちめることもできます」

小気味いい包丁の音を立てながら、時吉が言った。

「幸吉さんの仇だからね。なんとか化けの皮を剝いでやりたいところだが」

と、隠居。

「とにかく、やり口が気に入りません。江戸っ子の風上《かざかみ》にもおけない」

いつも温厚な源兵衛が、珍しく声に怒気をこめた。

ややあって、飯ができた。

目に彩りのある丼《どんぶり》だ。

「おう、こりゃうまそうだ」

「いろんな漬物を刻んであるんだね」

家主が丼を手に取ってのぞきこんだ。

「はい、かくや丼でございます。本日は沢庵、柴漬、青菜漬を合わせてみました。いくつかの漬物を刻んで合わせたものを『かくや』といいます。さらに、もみ海苔の黒と、炒り胡麻の白を交えてみました。なにぶん、あまり仕入れができないもので、このようなものしかお出しできず相済みません」

「なんの……これがのどか屋の味だよ。けれん味がなくて、うまい」

隠居が顔をほころばせた。

「彩りもいいが、味の交じり方もいいね。海苔と胡麻が脇に控えていい味を出してる」

家主の評判も上々だった。

「西のほうのご出身の方にも、ご好評でした」

ともに厨に立ち、下ごしらえを手伝っているおちよが言った。味くらべでは助っ人をつとめなければならないから、腕がなまらないようにという考えだ。

昨日、大和梨川藩の勤番の武士がたずねてくれた。原川新五郎《はらかわしんごろう》と国枝幸兵衛《くにえだこうべえ》、いずれも時吉が磯貝徳右衛門《いそがいとくえもん》と名乗っていたころからの縁だ。

どことなくでこぼこした感じの二人は、岩本町に移ってからは初めて顔を出す。客がだれもいないので休みかと早合点したらしく、腑に落ちないような顔つきだったが、かくや丼を出すと舌がほぐれてすぐお代わりを所望した。

「なんにせよ、仕入れたものに手間をかけて、うまく衣を着せて料理人の仕事にしていくしかないもので」

肴をつくりながら、時吉が言った。

「その心持ちがあれば、苦しい坂だって上れるさ」

「ずっと上りの坂はない。上りつめれば、今度はいい調子に下っていける」

二人の客がそう励ましたとき、のどかがやにわに背を丸め、座敷の奥へ逃げた。

案の定、のれんが開き、見知らぬ男が入ってきた。

「黄金屋から来ました。味くらべの段取りで」

金多の弟子と思われる男は、ぶっきらぼうな調子で言った。

「それはご苦労様です。まあ、座敷で茶でも」

「いえ、見世が忙しいもので、ここで結構です」

男は皮肉っぽいことを言った。

「なら、うかがいましょうか」

「この引札に書いてあるとおりです」

面倒臭そうに、男は刷り物を時吉に手渡した。

黄金屋歟《か》
のどか屋歟
のれんをしまふのはいづれぞ
天下分け目の味くらべ
判ずるは客の舌也《なり》
江戸中の耳目《じもく》　この一戦に集まる
噫《ああ》　見逃す勿《なか》れ　食ひ逃す勿《なか》れ

むやみに大仰な文句が連ねられていた。

ざっと目を通すと、時吉は一枚板の席に引札を渡した。

隠居と家主、それに厨からおちよものぞきこむ。

「並び札の配り方なども、ちゃんと書いてあるね」

隠居が言った。

味くらべは、十月の初めの酉の日、午《ひる》から二時《ふたとき》（約四時間）をかけて行われる。その前の四つ時（午前十時ごろ）より並び札を出す。味くらべの判じ手になる客の数にはあいにく限りがあるので、先着三十名までとさせていただく、と分かりやすく書かれていた。

「ご隠居さんが朝から並ぶのは大変ですねえ」

源兵衛が気の毒そうに言う。

「そうだね。ぜひとも加勢したいところなんだが……」

「ご無理をなさらず。それに、うんと早く並ばないと取れないかもしれませんから」

おちよがあわてて言った。

そのあいだ、時吉は黄金屋から来た男と細かい段取りを詰めていた。

お題は二つ告げられた。時吉としても異存はなかった。

一勝一敗で勝ち負けがつかなかったら、その場でもう一つお題を出してもらうという段取りだ。

仕入れる品は、前の日にまた改めて段取りをつける。朝採れの具合によって、多少の違いは出るかもしれないが、あらかじめ食材が分かったうえで勝負するというかたちになった。

「明け方から並ぶのは大儀だね。なら、申し訳ないが、わたしは失礼させてもらうよ」

隠居はすまなそうに言った。

「でも、黄金屋の息のかかった連中ばかり並ぶことになったら困るね。戦う前から勝ち負けがついてるようなもんだ」

と、家主。

「じゃあ、おとっつぁんにも声をかけてみます。見世の若い衆に並ばせておいて、あとで交替してもいいんだし」

「なるほど。長屋の衆にも言っておこうか」

「お願いします」

そんなやり取りを、黄金屋の使いはしっかりと聞いていた。

「まさかとは思うが、助金屋などの息がかかった者を早くからたくさん並ばせるなどということはあるまいな」

時吉は念を押すように言った。

「滅相もない。ただ……」

使いの男は意味ありげに言葉を切った。

「ただ？」

「引札はずいぶんと出しましたんで、さてどれだけのお客さんが来るか、早くから行列ができるのかどうか、それはこちらとしても読めません」

と、首をひねる。

「分かった。それはそうだろう」

「では、そういうことで。よしなに願います」

軽く頭を下げると、使いの者はそそくさと去っていった。

「川上浄庵は判じ手じゃなかったようだね」

引札のある部分を指さして、季川が言った。

そこには、こう記されていた。

審判（時計係）

本道医　川上浄庵

第六章　花野皿

一

黄金屋が出してきたお題は、どちらも穏当なものだった。

一つ目は、「花野」。

秋の草花が咲き誇る野原のことだ。

「花」と言えば、季節は春になる。梅や桜の木の花が春に咲く。

一方、秋には草の花が咲く。そのとりどりの花が咲く秋の野を、どう料理に見立てるかが料理の勘どころだった。

もう一つのお題は、「山粧《よそお》ふ」だった。

紅葉が色づいた秋の山のさまを言う。「秋山明浄にして粧ふが如し」と古人が画論で述べたくだりを踏まえた言葉だ。

ちなみに、春は「山笑ふ」、夏は「山滴《したた》る」、冬は「山眠る」と、季に従って移ろっていく。

袋にいくつかの題を入れておいて選び、当日に引いて料理をつくるという趣向もあるが、それだと黄金屋がいかようにも計らうことができる。痛くもない肚を探られるのは本意ではないと言って、あらかじめ題を出しておくことを提案してきた。よほど自信があるのか、気味が悪いほど正大なやり方だった。

とにもかくにも、そのお題に合わせた料理を時吉とおちよは考えた。

一見するとつくりやすいようだが、案外に奥が深く、考えれば考えるほどむずかしい題だった。

「花野」と「山粧ふ」、どちらか一つだけならいい。彩りのある料理を案ずれば、それなりに形にはなる。

だが、二つ重なると、その彩りに違いをつけなければならない。同じ料理などはもってのほかだ。

また、野と山のお題で、生《しょう》のものをどう使うか。そのあたりも思案のしどころだった。

時吉とおちよは知恵を出し合い、隠居などの数少ない常連客の助言も容《い》れて、少しずつ磨きをかけていった。

こうして段取りが整った。

そして、いよいよのれんを賭けた味くらべの当日になった。


「なんでえ、せっかく普請場を休みにしてもらったのによう」

そろいの半纏をまとった大工衆の一人が、不満げに言った。

「ほんとだよ。なんでおいらが入れねえんだ」

「おれらも判じ手だって言ってたじゃねえか」

「話が違うぞ」

大工衆は不満たらたらだった。

無理もない。四つどきっかりに来ても札が取れないかもしれないから、一時（約二時間）前から並ぼうとしたのに、すでにもう一杯だと言われたからだ。

「まことに相済みません。なにぶん江戸じゅうの評判になっておりまして。明け方どころか、まだ暗い昨日の晩から並んでおられた方もずいぶんいたもので、並び札が行き渡りませんで」

腰を低くした男が申し訳なさそうに言った。

「合点《がてん》がいかねえな」

「おれらは黄金屋の常連だぞ」

「ま、ただで呑み食いさせてもらってただけだがな」

「そもそも、あんたはだれだい。ここいらじゃ見かけねえ顔だが」

あきらめきれない大工衆は、仕切りをしている男に食ってかかった。

「本日の味くらべの審判をつとめております川上浄庵先生の弟子にあたる者でございます。なにとぞ、ここはどうかお収めくださいまし」

「けっ、あの医者か」

「おめえの師匠、悪いことはしてねえんだろうな」

「滅相もございません。とんだ言いがかりでございます」

遅ればせながら職人衆もやってきた。

こちらも文句たらたらだったが、無理に押しとおるわけにもいかない。つまるところは、遅れてきた者が悪い。あきらめるしかなかった。

「まことに申し訳ありません。その代わりと言っては何ですが、二八蕎麦の屋台を出させていただきました。何杯でもただでお召し上がりください」

浄庵の弟子は、行列の脇に出ている二人かつぎの屋台を手で示した。

暗いうちから行列ができることがあらかじめ分かっていたかのように、蕎麦屋の屋台が出た。つゆや麵が足りなくなったら、さもさも当たり前のように黄金屋の中から調達してきた。

「そうかい。なら、それだけでも食っていくか」

「手間賃の代わりだと思や、ずいぶん食わなきゃ合わねえけどな」

「しょうがねえ。蕎麦を食いに来たようなもんだ」

「たらふく食って帰るぜ」

口々に不平をこぼしていたが、職人衆と大工衆はえらい勢いで蕎麦をたぐって去っていった。

行列に加わり、並び札を得られたのどか屋ゆかりの者はいくらもいなかった。長吉の弟子はどうにか最後のほうに滑りこむことができた。源兵衛が声をかけた人情長屋の衆も間に合った。

だが、それだけだった。あとは見慣れぬ顔ばかり並んでいた。あえてゆかりの者を探せば、のどか屋の様子をうかがいに来たあの回し者の浪人くらいだった。それもずっと並んでいたわけではない。黄金屋の用心棒だろうか、浪人より若い武家と折を見て交替していた。

ほかの客もそうだった。一時ごとに入れ替わりながら並び札が配られるのを待っていた。並び終えた者は黄金屋に入り、熱い茶をふるまわれた。

こうして四つどきになった。

「みなさま、大変長らくお待たせいたしました」

浄庵の弟子が声を張り上げた。

「こたびののれんを賭けた大勝負、黄金屋金多とのどか屋時吉の味くらべに、江戸じゅうからお越しいただき、まことにありがたく存じます」

かすかな笑いがもれた。江戸じゅうから来ているわけではない証しだ。

「また、ゆうべのうちから並んでおられた方もいらっしゃったと聞きます。それはそれは、大きにご苦労様でございました」

今度ははっきりした笑いになった。

弟子と交替した長吉は、苦虫をかみつぶしたような顔つきになっていた。

この勝負、とても勝ち目はない。むざむざとのれんを取られるだけだ。

結果は火を見るより明らかだった。どんなうまい料理を使っても負ける。

「では、ただいまから並び札をお配りします。押したりせぬよう、ごゆるりとお進みくださいまし」

仕切り人が声をあげた。

客の行列は、おもむろに前へ進みはじめた。

二

黒塗りの法仙寺駕籠《ほうせんじかご》が黄金屋の前に止まった。

中から悠然と現れたのは、金蔓の鼻眼鏡の男だった。川上浄庵だ。

金多と小姓の桜丸がうやうやしく出迎える。今日の小袖はまたいちだんと豪勢で、味くらべのお題に合わせたらしく、あでやかな天女が光あふれる花野に舞い下りてくる図柄だった。

時計係の審判ということになっている医者が見世に入っても、金多はまだそこにとどまっていた。

そのわけはほどなく分かった。少し遅れて、駕籠がまた一つ着いたのだ。今度のも極上の法仙寺駕籠で、貴人《あてびと》めかした朱色の房まで付いていた。

中から現れたのは、恰幅《かっぷく》のいい初老の男だった。信州上田の絹縞の着物に、黒繻子《しゅす》の羽織、いかにも物持ちといういで立ちだ。

「これはこれは、助金屋様。ようこそのお越しで」

金多が深々と腰を折った。

「楽しみにしてきたよ」

「ありがたく存じます。ふだんは下々の者の舌に合わせておりますが、今日は助金屋様のお口に合う料理を存分にお出しいたしますので」

黄金屋のうしろ盾になっている札差の助金屋に向かって、金多はていねいな口調で言った。

「たまにはおまえさんの料理を口にしないとね。ありきたりなものでは、もう舌が驚かない」

「ありがたく存じます。いろいろと珍しいものを仕入れてまいりましたので、どうかお楽しみに」

「そうかい。ちいとばかし頭がぼんやりしているが、おまえさんの料理を口にすればきれいに晴れるだろうよ」

「それは御酒でございましょうか。それとも……」

助金屋は答えず、長煙管《ながぎせる》を吹かすしぐさをした。

金多は笑みを浮かべた。どうやらそれで通じたらしい。

「そうそう、今日のわたしは判じ手だったな」

助金屋はいま思い出したように言った。

「さようでございます。のどか屋の料理のほうがうまいと思ったなら、どうぞ遠慮なく旗をそちらにお挙げくださいまし」

「いいのか？」

「判じ手は公正に旗を挙げるという建前でございますから」

金多の唇の端がゆがむ。

「なるほど、建前だな」

「はい」

「のどか屋というのは舶来の物を出したりするのか？」

「まさか。間違っても出しますまい。いや、出せますまい」

と、心持ちあごを上げる。

「そうか」

「小料理屋という看板にふさわしい、いたって貧乏臭い料理です。下々の者の舌に合わせ、媚《こび》を売って、それが料理の本筋だと料簡している浅はかなやつですよ。華などはまったくない。新味もない。この江戸にいてもいなくてもいいような料理人と見世ですので」

「おまえさんとは正反対だな」

「月とすっぽんほど違います」

「ま、なんにせよ、楽しみだ。盛大に頼むよ」

札差は料理人の肩をぽんとたたき、付き従っているこわもての者とともに黄金屋ののれんをくぐった。

「かしこまりました」

金多は重ねて、いつも客には見せないていねいなお辞儀をした。


おちよは父の顔を見た。

言葉を交わさなくても、曇った表情を見れば分かった。

戦う前から、勝負はついていた。

黄金屋の座敷の上座には、三人の男が座っていた。

左が黄金屋側の判じ手の助金屋、真ん中が審判の川上浄庵、そして右がのどか屋側の判じ手の源兵衛だ。それぞれのひざ元には、紅白二本の小旗が置かれている。

判じ手の旗がそれぞれに分かれたら、客に挙手を求め、審判が多い少ないを数えて三本目の旗を挙げる。

一点の曇りもない公正な戦いのように見えるが、見世の客のほとんどは黄金屋の息のかかった者たちだった。どうあがいても、のどか屋に勝ち目はなかった。

時吉はのどか屋ののれんを携えてきた。金多も見世ののれんをいったん外し、審判の川上浄庵に預けた。負けたほうののれんは、もう元には戻らない。

「おまえさん、どうするの」

味くらべが始まる前に、おちよは小声でたずねた。さしものおちよの顔にも、動揺の色が濃く浮かんでいた。

「どうするもこうするもない。心をこめて料理をつくるだけだ」

「でも、うちのお客さんは、おとっつぁんを入れてもほんのちょっとしかいないのよ。敵ばっかりなのよ」

「それでも、やるしかない」

時吉はもう肚をくくっていた。

「いいか、ちよ」

女房の目をまっすぐ見て言う。

「料理というものは、お客さんにだけ出すものじゃない。天から見ている料理の神様にもお出しするものだ」

おちよは黙ってうなずいた。時吉の言うことは、泉の水のようにすぐさま心の中へしみこんできた。

「料理の神様が百を知っているとすれば、わたしはまだ七、八……いや、二、三しか知らない。行く手にはまだまだ険しい石段が続いている。それをしっかりと上り、見晴らしのいいところへたどり着くには、試練は買ってでも引き受けなければならない」

「分かったわ……あたしはもうなんにも言わない」

おちよの口調が和らいだ。

「岩本町でつくる料理はこれが最後になるかもしれない。ほんの短いあいだだったけれども、家主の源兵衛さんには世話になった。あの人へのお礼の気持ちもこめて、精一杯つくろうと思う。料理人にはそれしかできないのだから」

「はい。……あ、でも」

「なんだ」

「浄庵はどうするの？　幸吉さんの仇討ちはどうなるの？」

座敷に陣取り、隣の助金屋と歓談している医者のほうをちらりと見て、おちよがたずねた。

「考えはある。お天道様が見ていたら、聞かせてやりたいことがある」

まなざしに力をこめて、時吉は答えた。

おちよも勁《つよ》くうなずいた。


決戦のときが近づいた。

時吉とおちよは黄金屋の厨《くりや》に通された。

すでに食材が所狭しと積まれている。大きなざるの中に入っている鯛などはなかなかの上物だ。黄金屋まで生《い》け簀《す》で運ばれてきたから、どの魚も活きがいい。鳥もあれば、四つ足の肉もある。採れたての野菜もみずみずしいものがとりどりにそろっていた。

「器や椀などはお好きなものをお使いください」

金多がにこやかに言った。

「古九谷どころか、唐三彩の古物や舶来物まで、どんな料理にも合うようにそろえてありますので」

余裕の表情で、あたりを示す。

「そんな派手めかした器は、うちの料理を殺してしまう。花野に使う器は、のどか屋から持ってきた」

「ほう、拝見しましょうか」

時吉が運び入れたのは、笠間焼の角皿だった。

人数分の料理をつくるのは骨なので、同じものを三つつくって取り分ける段取りになっている。時吉が持参したのは、見世でいちばん大きな皿だった。

「これだ」

柿釉《かきゆう》がかかった渋い色合いだった。頑丈な造りだ。

「まかない料理を盛るのにちょうどよさそうな皿ですな。ま、ご随意に」

金多は皮肉を飛ばした。

ややあって、審判役の川上浄庵が、しかつめらしい顔で懐中時計を取り出した。銀色に輝くものが時を刻んでいる。

「では、そろそろ」

浄庵が手を挙げた。

弁の立つその弟子が前へ進みいで、やおら口上を述べた。

「では、ただいまより、黄金屋とのどか屋ののれんを賭けた味くらべを始めさせていただきます」

段取りを整えてきたらしく、すぐさま拍手がわいた。少し遅れて、嫌々ながら長吉も加わる。

「まず、始めのお題は『花野』でございます。いかなる草の花が咲き誇りますか、さっそく始めていただきましょう。つくり納めは半時（約一時間）後とさせていただきます。では、いざ」

声に応えて、黄金屋の娘が表情を変えずに太鼓を打った。

三

のどか屋の助手はおちよだけだが、金多はいつものように多くの弟子をあごで使っていた。それだけでも時吉にはずいぶんと不利だった。

文句を言ったところで、「そういう取り決めはしなかったはず」と言い返されるだろう。それが目に見えていたから、時吉はあえて何も言わなかった。

のどか屋の料理をつくる。ただそれだけを念じて手を動かす。

座敷からも、厨の動きはある程度見える。ぎやまんの杯で葡萄酒を呑みながら、札差と医者は歓談しながら見物していた。

「のどか屋は、漬物ばかり刻んでおりますな」

「評判どおりの貧乏臭さで」

「その点、黄金屋の料理は相変わらず豪勢です」

「豚を焼いておりますな。見ただけで精がつきそうだ」

二人の脇で、家主の源兵衛は何とも言えない顔つきで腕組みをしていた。旗はのどか屋に挙げるつもりだが、万に一つも勝ち目はない。

時吉は粛々と手を動かしていた。

まずはかくや飯をつくった。漬物は長吉屋からも調達した。珍しい野沢村特産の青菜を漬けこんだものもある。上方《かみがた》のべったら漬や奈良漬も彩りを加えていた。

むろん、沢庵や柴漬もある。白から黒に近い茶色まで、さまざまな色がひとわたりそろった。

それを包丁で軽やかに刻み、ささやかな草の花を咲かせる。大皿の手前のほうがひとまずできあがった。

金多は見たこともない食材を使っている。平べったい大きな鍋を取り出し、妙な香りのする油を引いたところだ。

「炊き込み飯へ」

時吉は短く言った。

「あい」

おちよは素早く動こうとしたが、金多の弟子がたまたまを装って前をさっとさえぎった。これで三度目だ。のどか屋はただでさえつくり手が少ないのに、事あるごとに邪魔をしようとする。

「ちょいと、どういう料簡なの」

おちよが色をなした。

「こりゃ、相済みませんね。目が悪いもので」

金多の弟子はあいまいな顔つきで謝ってみせた。

その様子は座敷からも分かった。

「おい」

長吉は外にいた弟子に声をかけた。

「急いで見世まで走れ」

「いまからですか？」

「そうだ。おれの包丁を取ってこい」

すぐさま通じた。

弟子はやにわに尻をからげ、浅草のほうへ駆け出していった。

その背を見送ると、長吉は口を結んで腕組みをした。


のどか屋が次につくったのは炊き込み飯だった。

豪勢な食材には目もくれず、時吉とおちよは地に足のついたものを選んだ。よそいきではない。のどか屋がいつもお客さんにお出ししている料理だ。

椎茸、油揚げ、蒟蒻《こんにゃく》、人参、牛蒡《ごぼう》。

具にとくに変わったものはない。いかにも地味だ。

にもかかわらず、それぞれに下ごしらえの手間がかかる。油揚げは油抜きをしなければならない。蒟蒻は湯に通してあくを抜く。牛蒡も酢水にさらす。

切り方もそれぞれに違う。牛蒡はささがき、椎茸は薄切り、油揚げは細切り、人参と蒟蒻は拍子木切りだ。

こうして下ごしらえをした具を米に混ぜ、昆布のだしに酒、味醂、醬油、塩を混ぜて炊く。

時吉は火加減を見た。

これでいいが、火に悪さをされるとできあがりが違ってしまう。さりとて、ずっと見張っているわけにもいかない。炊き込み飯が盛られるところは、あくまでも地面なのだ。その上手《かみて》と脇に華のあるものを按配しなければ、せっかく整えた地を活かすことができない。

時吉は金多を見た。

目と目が合った。

「火に触るなよ」

「火に触ったらやけどしますよ」

「こちらの鍋に悪さをするなと言ってるんだ」

時吉が釘を刺すと、金多はただちに笑い飛ばした。

「どうしてそんな細工をしなけりゃならないんでしょうねえ。こちらには、こういうものがたんとあるんです」

金多はそう言って、手にした缶のようなものを芝居がかったしぐさで示した。

赤くて丸いものが記されている。どうやら野菜のようだ。その下には、読めない面妖な字でなにやら記されていた。

「南蛮わたりか。ご禁制の品じゃないだろうな」

「ご冗談を。舶来の薬ということで、浄庵先生が苦労して長崎から調達してくださったんですよ。うちでしか味わえない料理です。『とめいと』と言うんですがね」

「留め糸?」

「ま、のどか屋さんには縁のない食材です。せいぜい貧乏臭い炊き込み飯でもつくっていてください。火が消えそうになったらあおってあげますから」

金多は口をすぼめて息を吹きかけてみせた。

(どこまでも食えないやつだ。

そちらこそ、勝手にしろ)

時吉は持ち場に戻り、おちよに声をかけた。

「川をつくるぞ。薄造りを頼む」

「あいよ」

のどか屋は鯛をさばきだした。

味付けはいま一つ大ざっぱだが、包丁の腕だけならおちよもひとかどのものだ。薄造りは任せて、時吉はすかさず次の料理に移った。

職人衆や大工衆がいたら、座敷はさぞやにぎやかだっただろうが、客はわりかた静かに様子を見守っていた。

「のどか屋も、やっと生《しょう》のものを使いだしましたな」

助金屋が言った。

銀づくりの煙管《きせる》を重そうにくわえ、ゆっくりと煙を吐き出す。ほのかに甘い香りが座敷に漂った。

「それは？」

川上浄庵が声をひそめて問う。

「なに、えげれす渡りのただの刻みで」

「ならばいいんですが」

「それにしても、のどか屋は漬物飯と炊き込み飯だけかと思いましたよ」

「患者にはそういうものを勧めたりしますがね」

「初めのうちだけでしょう。そのうち、値の張る朝鮮人参などを出して……」

「はて、なんのことやら」

浄庵はとぼけた顔で首をかしげた。

「そりゃ、ほかに打つ手のない患者さんには、やむをえず高価な薬をお出ししたりしますが、できればそういう負担になることは避けたいと」

「なるほどねえ。名医のおっしゃることには含蓄があります」

「人を救うのがわがつとめですから。……お、そう言ってるうちに」

浄庵は心持ち目をすがめて時計を見た。

そして、よく通る声で告げた。

「半ばを過ぎました。段取りをお急ぎください」

四

のどか屋の大皿はまだ寂しかった。

烏賊《いか》に串を打ちながら、時吉は焦りを感じていた。

無理に急げば間に合う。しかし、先に烏賊を仕上げてしまうと、身が堅くなってしまう。そのあたりが思案のしどころだった。

彩りだけの料理はつくるまい。食してうまくなければ困る。

だが、つくる時は限られている。間に合わなければ、土俵に上がることすらできなくなってしまう。

時吉がつくっているのは、得意料理の一つだった。

烏賊の黄身焼きだ。

串を打って平たくした烏賊に玉子の黄身を塗って焼く。そうすれば、烏賊はつややかな山吹色に染まる。

まだ熱いうちに串を抜くと、烏賊はどのような形にも切れるし、あとで食べやすくもなる。

時吉は山吹色の烏賊で花をつくるつもりだった。小さな草の花はすでに漬物でつくってある。しかし、それだけでは花野がいささか貧相だ。

それに、奥行きがない。広がりにも欠ける。

そこで、大輪の花を咲かせることにした。花の形に切った烏賊の上に青海苔を振り、杵生姜《きねしょうが》を添えれば、いちだんと山吹色が映える。

眼目になるこの花はいちばん奥に据える。手前の土になるところが炊き込み飯だ。土と言っても、草は生えている。これから芽吹くものもある。できあがった飯には、あおさや胡麻も振りかけるつもりだった。

地味なところがあるからこそ、花が活きる。

時吉の描いた絵図面に決して間違いはなかったが、肝心な段取りがむずかしかった。炊き込み飯が仕上がらなければ、その上に烏賊の黄身焼きを乗せることができない。

早めに作り置きしてしまえば、烏賊の身が堅くなってしまう。きびすを接して仕上がるのがいちばんいいのだが、そうするにはどうしても手が足りなかった。

おちよは鯛の薄造りで川をつくっている。白い清流もまた、花野を美しく引き立てるための大事なところだ。清らかな流れに見立てるためには、できるだけ薄く切った身をていねいに重ねていかなければならない。なかなかに手間のかかる仕事だった。

おちよは川づくりで手一杯だった。仕上がってもまだ一つ細工仕事が残っている。刺身のあしらいで巧みに橋をつくるのだ。見たところ、とてもそこまでは手が回りそうになかった。

「手伝おう」

「烏賊は？」

包丁を動かしながら、おちよは短く問うた。

「まだ間に合う。先に川をつくろう」

「大きなお皿が三枚分だもんね。結構、大変」

「一皿でも間に合わなかったら、のどか屋の名折れだ。ここはまず薄造りを」

「承知」

二人は息を合わせて包丁を動かしはじめた。

一方、黄金屋のほうは万事順調に進んでいた。

ずいぶんと背の高いぎやまんの杯がいくつも用意された。どれも薄青く染まってお
り、斜め格子の刻み模様も入っている。

その中に金多が収めたのは、ゆでた大ぶりの海老だった。

下味をつけ、細工包丁を入れてわずかに開く。さらに青い葉を添えれば、海老が空
飛ぶ鳥に化けた。

「さすがは黄金屋ですな。盛り付けに高さがあります」

麝香《じゃこう》の匂いのする扇子を動かしながら、助金屋が言った。

「天から鳥が花野を見下ろす図ですか。大胆ですなあ」

浄庵も和した。

「なにやら、『さうす』を添えておりますよ」

「白っぽいですな。あれはおそらく『めいよねえず』でしょう」

「なるほど、『めいよねえず』ですか。それなら何度か口にしたことがあります」

「海老には間違いなく合うでしょう」

そんな話をしている札差と医者の脇で、家主の源兵衛は所在なさげにしていた。なにぶん知った顔は長屋の者と長吉だけだ。その長吉はいくたびも外を見て、弟子の帰りを待ちわびている様子だった。

「お茶のお代わりはいかがですか？」

お運びの娘が急須を持ってくる。

いつもと変わらず、目に膜がかかったような様子だった。

例の浪人も外が気になる素振りを見せていた。一度だけ、気ぜわしく何かを告げにきた者がいた。その武家に向かって、浪人は身ぶりで何か伝えていた。

「そろそろ仕上げですかな」

浄庵が時計を見た。

「黄金屋のほうはおおよそできあがったようですが」

「この香りは何でしょうかねえ」

「またいちだんと変わったものを仕入れてきたんでしょう」

札差は満足げな顔つきになった。

のどか屋はいよいよ切羽詰《せっぱ》まってきた。

三枚の大皿に花野を描くには、どうしても手が足りなかった。

山吹色の花か、川か、どちらかに手が回らなくなってしまう。少なくともすべての皿を仕上げるのはむずかしくなった。

「あっ」

おちよが声をあげた。

焦るあまり、包丁を動かす手が狂った。指から血がにじんでいた。

「大丈夫か」

「平気……おまえさんこそ、早く」

「その手じゃ造りは無理だ。代わりにやる。炊き込み飯を頼む」

「でも……」

と、おちよが抗《あらが》ったとき、厨に声が響いた。

「おれがやる」

現れたのは、長吉だった。

頭にはいつもの豆絞り、手には名入りの包丁を握っている。弟子が取りに帰ったものがようやく届いたのだ。

「おとっつぁん……」

「四の五の言ってる暇はねえ。造りはおれがやる」

「頼みます、師匠。ちよ、炊き込み飯を火から下ろしてくれ」

「あい」

おちよは短く答え、傷ついた指を口に含んだ。

さっそく包丁を動かしはじめた長吉のもとへ、金多が歩み寄ってきた。

「なんでえ、文句は言わせねえぜ」

長吉が先手を打ってにらみを利かせると、女装の料理人は薄ら笑いを浮かべて戻っていった。

最後は太鼓が百回鳴らされる。そんな段取りになっていた。

のどか屋は追い込みに入った。

大皿に炊き込み飯が敷かれる。まだ湯気を立てているできたての飯を手早く蒸らすと、時吉はその上手のほうに烏賊の黄身焼きを据えた。

すでに花の形に切ってある。青海苔を振り、おちよが杵生姜を添える。

長吉は刺身の川をつくりあげていた。ありえないことだが、鯛が海から流れをさかのぼって泳いできたかのような見事な盛り付けだった。

「橋はどうするんでえ」

鋭くたずねる。
三十、二十九……
もう残りの太鼓は少ない。

「海苔で」

時吉が渡すと、長吉は目にも留まらぬ包丁さばきでせん切りにしていった。

「おとっつぁん、早く」

「馬鹿、これ以上早く切れるか。切った端からおめえが按配しろ」

「承知」

おちよが二つ目の橋をこしらえたとき、太鼓の残りが五になった。

三つ目の橋は、三人がそれぞれ海苔のせん切りをつかんで置いた。

「二、一……終い！」

浄庵が声を発したとき、のどか屋の最後の橋が完成した。

五

「では、大変長らくお待たせいたしました。これより舌だめしに移らせていただきます。まずは、のどか屋の花野皿から」

仕切り人が言った。

娘たちが皿を運んでいるあいだに、口上を述べる段取りになっていた。しゃべるのはあまり達者ではない時吉だが、岩本町でつくる最後の料理だ。悔いのないように、こう語った。

「わらべのころに遊んだなつかしい花野……そして、清らかな川を思ってつくりました。どうか、むかしを思ってお召し上がりくださいまし」

三つの大皿が置かれた。

判じ手と審判の前に一つ。客が並ぶところに二つ。

まずは目で検分してから、舌だめしに移る。

「ただの焼き物ですな、この皿は」

助金屋が皿の縁を爪で弾いた。

「どこにでもある、冴えない無銘の皿みたいです」

小ばかにしたように浄庵が言う。

「なつかしい花野と言われても、わたしが生まれ落ちたのはあいにく江戸の大店《おおだな》でね。そんな田舎臭い景色とは端《はな》から無縁だよ。物言う花なら、そりゃたんといたけれども」

札差が言うと、客のそこここから追従《ついしょう》の笑みがこぼれた。

「では、そろそろ舌だめしに移らせていただきます」

取り皿が運ばれた。

判じ手と客の箸が伸びる。

「……うまい」

ややあって、源兵衛が言った。

「いろんな漬物が交じり合って、なんともいえない深い味になってる。みんなが助け合ってる長屋みたいだ」

「ほんとです、家主さん。漬物だけの飯がこんなにうめえとは」

人情長屋の店子が感に堪えたように言った。

「たしかに、むかしを思い出させる料理だね。花摘む野辺に日は落ちて、小川の岸をゆっくりと、おっかさんの待つ家のほうへ帰っていく。そんなわらべのころのことをふと思い出したよ」

源兵衛は言った。

「ありがたく存じます。そのひと言だけでも、つくった甲斐がありました」

時吉は深々と礼をした。

「烏賊の按配もこれでいいぞ。串打ちのかげんがいいから、焼きもしくじらねえ」

客に戻った長吉が言った。

「堅くなっておりませんか？」

「大丈夫だ。ぬくみが残ってる」

豆絞りのままの料理人は一つ大きくうなずいた。

のどか屋の客はこれだけだった。あとはみな敵だ。

「ま、鯛はうまいがね」

「そりゃ、黄金屋がいい仕入れをしてるから」

札差と医者はねじくれたことを言いだした。

「料理人の腕じゃなく、鯛の身がいいんでしょうな」

「そうそう、黄金屋の仕入れの勝ち」

「こんな刺身、だれが切っても同じでしょう」

「馬鹿言ってんじゃねえ！」

耐えかねたように、長吉がやにわに声を荒らげた。

「おんなじ鯛でも、切りようによって味が違ってくるんだ。生き死にが変わってくるんだ。試しに、そこにいる腐ったような恰好のやつにやらしてみな。せっかくの鯛が台なしになっちまうぜ」

と、あごで金多を示す。

「おとっつぁん」

おちよが口をはさんだ。

「気持ちはありがたいけど、これはのどか屋と黄金屋の勝負なの。余計な口出しはしないで」

ぴしゃりと言うと、長吉はしぶしぶ口をつぐんで腕組みをした。

さくらと思われるほかの客は、黙々と炊き込みご飯などを口に運んでいた。だれも何も言わない。

「まかないにはちょうどいいかもしれませんな」

助金屋が苦笑する。

「味くらべなのに、こんなありふれた料理しか出せないとは」

浄庵が箸を置いた。

その脇で、一口一口をかみしめながら、源兵衛が試食を続けていた。ときおりうなずき、目をしばたたかせる。

思いは届いた、と時吉は思った。

この町を出ていくことになっても、縁は一生ものだ。のどか屋の客は、こういった普通の人たちだ。金持ちのうしろ盾などなくていい。ましてや不浄の金など、こちらから願い下げだ。

同じようなことを、脇に控えるおちよも考えていた。

またやり直せる。この江戸の、次はどの町へ行くか分からない。でも、きっとやり直せる。

時吉さんがいるかぎり。そして、この世に人の情というものがあるかぎり……。

黄金屋の息のかかった客たちは、表情を変えずに料理を口に運んでいく。

重苦しい雰囲気のなか、のどか屋の花野皿の舌だめしが終わった。

「では、続きまして、黄金屋の花野でございます」

仕切り人が華やいだ声をあげた。

黄金屋の料理は、優雅な金彩の大皿で運ばれてきた。

柿右衛門様式の色絵の皿だ。その上に、ぎやまんの高い杯が二つ載っている。

「さすがは黄金屋だね。見るだけで心が弾むよ」

「ずいぶんと豪勢な花野だ。海老が宙に舞って鳥に化けるとは」

うしろ盾になっている二人はたちまち相好《そうごう》を崩した。

「花野の名所は墨堤《ぼくてい》に道灌山《どうかんやま》、麻布《あざぶ》の広尾《ひろお》原に代々木野と、さまざまにございますが……」

黄金屋は口上を述べはじめた。こちらはしゃべるのはお手の物だ。

「こたびはちょいと船に乗って遠出をしてみました。あいにくわたしも行ったことはないのですが、『ひすぱにや』の花野でございます」

金多は手を妙な具合に動かして見栄を切った。

「ほう、『ひすぱにや』とは」

「なるほど、そういう香りがしますな」

医者が金蔓の鼻眼鏡に指をやる。

「香りの源は『さふらん』でございます。これと『とめいと』でおおよその味付けをいたしました。どうか存分にお召し上がりくださいませ」

どん、と一つ太鼓が鳴った。

のどか屋とは違って、口上に鳴り物まで入る。

金多がつくった「ひすぱにや」の炊き込みご飯には、あさりや烏賊や海老などの魚介類がふんだんに入っていた。

四つ足の肉もある。豚のぶつ切りをあぶったものも主役の一つだった。

野菜は面妖なものが使われていた。金多によれば「大赤唐辛子」ということで、通常の唐辛子よりはるかに肉厚で大きい。

細い手づるを手繰り、乾燥させたものを南蛮わたりの薬として入手したものを湯で戻し、惜し気もなく使った料理だった。

「大赤唐辛子とは、また大胆なものを使ってきましたな。いやはや、さすがは黄金屋金多。恐れ入ったよ」

ひと口食すなり、助金屋がうなった。

「味付けもまた絶妙です。『とめいと』と『さふらん』が魚介を引き立ててますなあ。美味、美味」

浄庵も絶賛したが、客席の長吉は顔をしかめた。

「こんな薬臭えものが食えるか」

年季を積んだ料理人は、吐き捨てるように言った。

源兵衛も箸を置いた。焼きかげんが甘く、あさりの身が堅い。とても食えたものではなかった。

「さて、鳥にも手を伸ばしますか」

札差がぎやまんの杯に指を伸ばした。

「では、わたしも」

医者も続く。

「ほほう、これは。やはり『めいよねえず』が合いますな」

「たしかに。下味もうまくついてますが、『めいよねえず』が絶品です」

と、舌で唇をなめる。

「なんでえ、こんなもの。てめえの腕のなさを舶来の半端もんでごまかしただけじゃねえか。料理人の風上にも置けねえ」

長吉だけがこきおろしたが、賛同する者はだれもいなかった。

「おお、皿の下から春の景色が現れましたぞ」

「そういう趣向でしたか。秋の花野から春日野へ。それはまた風流」

「器は何にするか、ずいぶん迷いました。薩摩焼や古九谷、華のある皿はほかにもありますから」

と、金多。

「舞泉《まいせん》もあるだろう」

「あれは意外に青っぽくて地味ですからねえ」

「ほほう、手に入れるだけでもむずかしい舞泉が地味とは」

「黄金屋は言うことが違うねえ」

「痛み入ります」

金多は普通の客には見せないうやうやしい礼をした。

初めの味くらべが終わった。

金多の皿が片づけられ、ひと息入ってから、仕切り人が言った。

「では、まず判じ手の方々に旗を挙げていただきます。紅が黄金屋、白がのどか屋ということで。助金屋弥左衛門様、よろしくお願いいたします」

「そりゃあもう、華のあるなしの優劣は料理を見ただけで歴然だね。食してみれば、なおのこと。勝ちにふさわしいのは……」

札差はさっと紅い旗を挙げた。

「まず黄金屋に挙がりました。では、続いて源兵衛様」

土地《ところ》の家主は多くを語らなかった。

「舌で選べば……」

源兵衛はすっと白い旗を挙げた。

「これであいこになりました」

黄金屋の法被《はっぴ》を着ている仕切り人が声を張り上げた。

「残るは、お客様がたの旗のみです。初めの勝負を制するのは黄金屋か、はたまたのどか屋か……まずは、のどか屋の勝ちと思われる方は手を挙げてくださいまし」

苦い顔で、長吉がさっと手を挙げた。

ほかには長屋の店子が挙げただけだった。

「これは意外。たったお二人……おっ、三人になりました」

遅れて手を挙げたのは、のどか屋の様子をうかがいにきたあの浪人だった。

あごが長く、目に妙な光のある男だ。あまりにも黄金屋に傾くのは嘘臭いから、のどか屋に挙げる気になったのだろう。

「では、黄金屋の勝ちと思われる方」

残りの手がいっせいに挙がった。

どん、と太鼓が鳴った。

「黄金屋の、勝ち」

浄庵が最後に紅い旗を挙げた。

どんどん、と二つ太鼓が鳴る。

「初めの勝負は、黄金屋の勝ちとなりました。このままのどか屋ののれんを取ってしまうのか、あるいはのどか屋が押し返してもうひと勝負ということに相成りますか。次なるお題は『山粧ふ』でございます」

仕切り人が上機嫌で告げた。

「茶番はやめにしな」

腕組みを解き、長吉がぬっと立ち上がった。

「初めから仕組まれた勝負じゃねえか。てめえの腕に覚えがねえもんだから、さくらを早くから並ばせた。ただで呑み食いをさせる見世のやることとは違うな」

「ほほう、旗色が悪くなったら父親が出てきて言いがかりをつけるわけですか。のどか屋こそ、なめた真似をしますね」

金多が言い返す。

「なんだと。恥を知れ」

長吉は一歩も引かなかった。

「そこにいる鼻眼鏡の医者は、弱い者から金を絞り取って左うちわで暮らしてる腐った野郎だ。泣いてる者がたんといる。違うとは言わせねえ。その不浄の金で舶来の品を仕入れて、ろくな腕もねえのをごまかして、ほれ華のある料理でございとうわべだけを飾って皿を上から出す。料理人の風上にも置けねえ。めいよねえず？　とめいと？　笑わせるじゃねえか。てめえがつくったものなのかよ。料理人だったら、そんなちゃらちゃらした半端な役者みたいな恰好をしてないで、いっぺんくらい畑に出てみろ。手を土で汚してみろ。魚の網を引いてみろ。それができねえうちは、舶来物をなでてるわらべのままだ。おめえは料理人なんかじゃねえ。数の内にも入らねえ。ただのわらべよ。馬鹿が。このすっとこどっこいが！」

「い、言ったわね」

金多の声が裏返った。

ずっとちやほやされて育ってきた。金持ちばかりを得意先にして、その歓心を買うものばかりつくってきた。罵倒されることなどついぞなかった。そのせいで、心に慣れができていなかった。

「あ、あんたはうちの客じゃない」

涙目で言う。

「あたりめえだ。だれがこんな腐った見世の客になるか」

長吉が言うと、金多はやにわに振り向いた。

「先生がた、あいつをつまみ出してください！」

奥のほうに声をかける。

すぐさま戸が開き、用心棒が二人飛び出してきた。

一人は三白眼、もう一人はほおに傷がある。どちらも凶相の男だった。

「おとっつぁん」

おちよが声をかけた。

「ああ、おとなしく出ていってやるとも。端《はな》から空気が悪いと思ってたんだ、この見世は」

長吉は捨てぜりふを吐くと、時吉のほうを見て言った。

「もうひと勝負ある。悔いのないものをつくれ。あとのことは案じるな」

「はい」

「あばよ」

豆絞りを取り、長吉は去っていった。
こうして、助っ人もいなくなった。

第七章　五目寿司

一

　次の勝負が始まる前に、客たちには変わった菓子がふるまわれた。

かすていらを切って串に刺し、四方に焼き目をつける。仕上げに甘い葡萄酒をかけた黄金屋自慢の一品だ。

「こりゃあ、いい」

「食べ慣れたかすていらが、より甘くなりますな」

「舌ざわりもがらりと変わる」

「かすていらに入ってる砂糖があぶられてとろりとするんでしょうな」

「考えたものです。さすがは黄金屋」

助金屋と浄庵の評判は上々だった。

もう一人、座敷の浪人も表情を崩していた。胃の腑に落とすのが惜しそうに嚙んでいる。どうやらこの男、甘い物には目がないらしい。

「こんな洒落た品が、あのおやじにつくれるか」

金多がまだ悔しそうなうるんだ目で言った。

「まあまあ、あれは負け惜しみみたいなものだから」

「船来の『は』の字も分からない貧乏な料理人のひがみですな」

「気にしない、気にしない」

「黄金屋の足元にも及ぶまいよ」

うしろ盾になっている者たちが口をそろえてなだめる。金多はようやく洟《はな》をすすって戻っていった。

焼きかすていらの菓子は、お運びの娘たちにもふるまわれた。美形だがたましいが抜かれたような按配の者たちだが、これを食すと笑みも浮かんだ。

「おいしいわ」

「うっとりしちゃう」

「けむりと同じくらい？」

「それは言っちゃいけないの」

「あ、そうだった」

「でも、おいしい……」

　奥へ下がっていった用心棒たちにはふるまわれなかった。見るからに口に合いそうになかったからだ。

　その連中について、時吉とおちよは声をひそめて何事か話していた。途中でおちよの大きな瞳が見開かれた。

　わずかな息入れどきが過ぎ、第二の戦いが始まろうとしていた。

　負けると分かっているいくさだが、源兵衛がいる、長屋の人もいる。お天道様も、料理の神様も見ているはずだ。

　ご隠居を初めとする数少ない常連さんたちが出してくれた知恵も容《い》れて、悔いのない料理をつくろう。時吉とおちよは心を合わせた。

「今度はぎりぎりじゃなくて、早く仕上げないとね」

　おちよが笑みを浮かべた。

「ああ。初めのときは間に合わなかったからな」

「やるわよ」

おちよが腕をまくった。

時吉も二の腕をたたいた。

「では、味くらべの二つ目のお題に移ります」

仕切り人が声をあげた。

「『山粧ふ』のお題で、いかなる料理ができましょうか。そろそろ始めていただきましょう」

時計係を見る。

浄庵は懐中時計を開けた。

そして、かなりもったいをつけてから言った。

「始め!」

二

紅葉に色づく粧いの山を料理でどう表すか。のどか屋がまず用意したのは、意外にもそうめんだった。

「なんと、秋も深まっているのにそうめんとは」

「七夕と勘違いしたんじゃないでしょうねえ」

「ま、そんなものを出されても箸をつける気がしませんが」

「よほど暑いときじゃなければ、ありふれたそうめんなど」

「川や滝などに見立てて高いところから流すとか、そういった趣向がないとね」

「ああ、それなら食ってやる気にもなりますな」

「いずれにしても、そうめんを山盛りにされてもねえ」

札差と医者は聞こえよがしに言ったが、のどか屋の二人は動じず、手際よく段取りを進めた。

そうめんをかために茹で、飯の按配をする。それから、具を選び、ていねいに下ごしらえをしていった。

人参、葱、さや隠元といった野菜ばかりではない。こたびは乾物も存分に用いていた。干瓢《かんぴょう》はあらかじめ戻しておいたものを使った。その戻し汁も持参し、下茹でに用いた。

高野豆腐もあった。これも戻すのに手間がかかる。ぬるい湯につけ、優しく押し洗いをして、濁りが取れたら水気を絞る。

「おまえさん、汁のあたりを」

おちよが言った。

まずは高野豆腐だ。だしと醬油に砂糖、それに塩を少し加える。最後の塩加減がすべてを引き締める。

時吉は味見をした。ほんのわずかだが、塩が足りなかった。

「これでいい」

味が決まった。あとはじっくり煮含めればいい。

戻し汁で茹でていた干瓢には、頃合いを見て砂糖を半分入れる。さらに煮汁が減ったところで残りの砂糖と醬油を加える。これで甘く深い味になる。

貴重な砂糖をふんだんに使うことが、のどか屋にできる精一杯のぜいたくだった。

黄金屋のように鬼面人を驚かすがごときけれんは用いない。

その黄金屋金多は、例によって派手な動きをしていた。

鶏の足をつかんで、使うのはこれでございと示してからさばく。

「あれは胸のあたりの肉ですな」

助金屋は胸の紋に手をやった。

判じ手ということで、札差は正装でやってきた。薄い綿の小袖を三枚も重ね、着物も羽織も黒でまとめている。いわゆる黒仕立だ。紋付の紋を小ぶりにするのも、大通風の洒落ぶりだった。

「葡萄酒も入れましたよ」

一方の医者は、天鵞絨《ビロード》の羽織をまとっている。

「ほわっと香りが漂ってきました。やはり見せますな」

「黄金屋の弟子が用意している大きな皿は金襴《きんらん》の九谷ですね。いやはや、豪華」

「それにひきかえ、のどか屋はなんともまあ……」

「おや、これはまたしみったれたことをやってますな」

助金屋は眉をひそめた。

おちよが洗った皿を拭いていた。花野皿で一度使った同じ笠間の皿を用いるつもりだった。

べつに変えることはない。花野も山もしっかりとした土の上にある。この器を再び使えばいい。

それがのどか屋の心意気だった。

時吉とおちよは段取りを進めた。人参を短冊切りに、葱を斜め薄切りにする。椎茸も薄く切った。

隠元は筋を取り、塩茹でにしてから斜め薄切りにする。人参の赤と青みがだんだんに響き合ってきた。

そのうち高野豆腐の粗熱《あらねつ》が取れた。これも薄く切っていく。干瓢は五分（約一・五センチ）足らずの長さに切りそろえた。

着々と具はそろってきたが、まだ山はどこにも見当たらなかった。

すでに半分を過ぎている。間に合うのかどうか案じられてきた。

「寿司飯を急ごう」

「あいよ」

二人は息を合わせて寿司飯をつくりはじめた。

寿司というものは、むかしからあるものではない。船来物などはいっさい用いないのどか屋にとっては、いちばん華のある粧いの料理だった。

酢と砂糖と塩を交ぜて合わせ酢をつくる。これをひと煮立ちさせてから平たい桶に広げておいた飯に交ぜる。

「一《ひ》の二《ふ》の三《み》っ、一の二の三っ……」

声を発しながら、時吉がしゃもじで飯を切る。

「三っ」にいくらか力を込めて、手を動かしていく。

交ぜてはいけない。

飯に粘りが出てしまう。切るのだ。

じっと飯の按配を見ながら、勘どころを押さえて切っていけば、それで自然に酢が飯になじんでいく。

おちよは団扇《うちわ》であおいでいた。そうすることによって、さらにつやが出る。

「これでいい。ひとまず終わりだ。濡れぶきんをかけておいてくれ」

「承知」

お披露目の場になるまで、寿司飯は束の間の眠りに入った。

堅めに茹でて水でぬめりを取っておいたそうめんも、ざるの中で休んでいる。使う前にさっと水にくぐらせれば、また命がよみがえる。

「よし、玉子に移るぞ」

「まずは薄焼きね」

「二品ある。急げ」

「あい」

おちよが玉子を鉢に割り落とす。

すかさず時吉が箸を小気味よく動かして溶いていく。

味くらべの後半に入り、のどか屋はしだいに調子を出してきた。

「よく炒めました鶏肉と葱などを飯に合わせ、いよいよ味付けに入ります」

金多が厨《くりや》から甲高《かんだか》い声をあげた。

「ここに取り出だしたるものは、またしても舶来の絶品でございます」

異装の料理人は、大きめの瓶を差し出した。

そこにも真っ赤な「とめいと」が描かれているが、中身は水煮ではなかった。もっとどろりとしていた。

「これは南蛮秘伝の『きちゃぷ』でございます。日《ひ》の本《もと》広しといえども、これを使えるのはわたしだけでございましょう。とくとご覧《ろう》じろ」

金多は見栄を切った。

「ほほう、『きちゃぷ』とはまた飛び道具を出してきましたな。ひょっとして、仕入れの段取りは……」

浄庵は隣を見た。

「はは、わたしが手を回しました」

「やっぱり」

「そのあたりはまあ蛇《じゃ》の道は蛇《へび》で。長崎の役人などに鼻薬を嗅がせながら手を回していけば、『きちゃぷ』くらいはどうとでもなります」

「札差の威光、恐るべしですな。こちらもお流れを頂戴してますが」

「何をおっしゃる。こちらこそ先生の異な薬の……」

「おっとそこまで」

「ははは」

座敷の上座でなにやらきな臭い話をしているあいだに、金多は「きちゃぷ」を平鍋に投じて飯と混ぜ合わせていた。

「『きちゃぷ』はまず鍋の真ん中に入れます。こうして酸味を飛ばしておくと、飯と交ぜたときに味がまろやかになります。それから、仕上げは……」

ひとしきり木べらを動かすと、金多はもう一つの瓶を取り上げた。

「この『臼田《うすだ》さうす』でございます」

茶褐色の液体を振りかけ、勢いよくかきまぜていく。

「出たね。黄金屋十八番の『臼田さうす』が」

「あれがないと始まりませんな。何にでもよく合います」

札差と医者が声をそろえた。

「この料理だけではありません。南蛮焼き麵は『臼田さうす』が命です。それから、『めいかろに』という穴のあいた短い麵があります。これを塩茹でして、胡瓜《きゅうり》などを交ぜて『めいよねえず』で合えると絶品になりますが、ここでも仕上げに『臼田さうす』をかけると、えもいわれぬ味になります」

鍋を振りながら、金多は得意げに講釈した。

「なるほどねえ。『めいかろに』とは」

「それも食べてみたかったですね」

「いったいどれだけの技を使えるのか。恐るべし、黄金屋金多」

「なんにせよ、そうめんしか使えないのどか屋とは勝負になりませんな」

その声を聞いて、おちよがきっとにらんだ。

「相手にするな」

時吉が短く言う。

「だって、あいつら……困ってる人から絞り取ったお金で」

「いまは料理を仕上げることだ。源兵衛さんにお出しする最後の品になるかもしれないんだから」

時吉が言うと、おちよはやっと承服した顔つきになった。

のどか屋は玉子を仕上げた。

薄焼きを短冊に切ったものと、小岩のような按配のもの。二つのかたちの玉子は、塩加減で味を変えた。

いよいよ、山だ。

まず手前の山は、そうめんでつくることにした。

人参や椎茸などを炒め、火が通ったところで塩を振る。ここにそうめんを入れて一緒に炒めるのが時吉の案だった。

手でほぐしながら鍋に入れ、具となじませる。さらに、小岩のような炒り玉子を加えると、俄然、鍋の中が華やかになった。

「酒を」

「承知」

「葱もくれ」

「あい」

短いやり取りをしながら、味と彩りを調えていく。

ほどなく、醬油の香りもふわりと漂った。炒りそうめんのできあがりだ。

「冷えるから、盛るのはあとでいい。次は寿司だ」

「急がないと」

審判役の浄庵が時計を見ていた。

三

「山を黄金に染めましょう」

金多が声を張りあげた。

「山を黄金に染めましょう」

弟子たちが声をそろえて、同じことを言う。

すでに飯は皿の上に乗っていた。「きちゃぷ」で味をつけた赤い飯だ。

青い色合いの九谷の色絵の平皿に、夕日に染まった山の趣で、こんもりと「きちゃぷ」の飯が盛られている。

小姓の桜丸が鉢を持って動く。

その中に、弟子が一つずつ玉子を割り入れていった。

「山を黄金に染めましょう」

ひときわ高い声を発すると、桜丸は鉢を金多に渡した。

金多も追い込みにかかっていた。帆立《ほたて》や海老などを白葡萄酒で酒蒸しにしてあった。ちょうど粗熱《あらねつ》がとれたところだ。具を取り出して細かく刻み、割りほぐした玉子に交ぜる。

「東西《とざい》！」

金多は最後の見せ場に入った。

「黄金色に輝く山をお目にかけて見せまする。いざ！」

平たい鍋を振る。

海の幸がふんだんに入った玉子汁を、頃合いを見て鍋に流し入れると、じゅっ、という快い音が響いた。

すぐさま菜箸を動かし、軽く交ぜる。半ば火が通ったら、鍋をゆすりながら形を整えていく。

「外はふわっ、中はとろっとした、黄金の山のできあがりでございます」

なおも鍋をゆすりながら、金多は「きちゃぷ」の飯の上に玉子でできた黄金の山を載せた。

「これはもう、食してみずとも分かりますな」

「目で見る美味です」

札差と医者が手を拍《う》った。

「こんな料理人が下々の者に普通の飯をつくっているとは、ちいとばかしかわいそうになります」

「ならば、のどか屋に勝たせてのれんを取り上げますか」

「はは、戯《ざ》れ言《ごと》、戯れ言」

札差はわざとらしく髷《まげ》にさわってみせた。もとどりの先が細い、本多くずしの水髪だ。

「食す前に、もう一つ趣向をお見せいたしますのでお楽しみに」

金多はそう言って、いまつくり終えたばかりの三つの皿を示した。どの皿も黄金色に粧っている。

「まだ趣向があるとは」

「考えが次から次へと浮かぶんでしょうなあ」

「さて、黄金屋の料理はできましたが、のどか屋は……」

助金屋が手をかざした。

「それなりに、彩りは増えてきたようです。……おお、早いもので、そろそろ太鼓の頃合いですな」

医者は時計を見た。

黄金屋の娘の一人が、ゆっくりとばちを構えた。


二つ目の山がもうじき仕上がろうとしていた。

炒りそうめんの山の向こうにそびえるのは、五目寿司の山だった。

と言っても、峻険な山ではない。そこでも穏やかな野の花が咲いていた。花野を歩いていくうちに、蝶にいざなわれていつのまにか迷いこんでいくような、なつかしい場所が生まれようとしていた。

人参の赤、隠元の緑、薄焼き玉子の黄……。

そして、濃い薄いの異なる高野豆腐と干瓢と椎茸の茶色。

「きちゃぷ」のように無理やりつけたのではない、あるがままの色がとりどりに表れていた。

「あとは白と黒だ」

時吉が言った。

「あいよ」

おちよが海苔をもんでちぎった。

大きくなりすぎないように気を使って、五目寿司に加える。

時吉は白胡麻をはらりと振った。彩りばかりではない。味も締めてくれる。

太鼓が鳴りだした。

「よし、のどか屋の料理にするぞ」

「承知」

おちよはふところから矢立を取り出した。墨はもう暇を見て磨《す》ってある。千代紙でできた短冊も用意してあった。それを手に取り、筆を走らせる。

時吉はいくらか下がり、山のたたずまいを直していった。

三つの皿に、二山ずつ。合わせて六つもある。

山の崖は崩れていないか。彩りに重なりはないか。

入念に目でたしかめ、箸を動かしながら形を直していく。

「お願い」

おちよが初めの短冊を渡した。

「おう」

俳句がしたためられた小ぶりの短冊を、時吉は山の手前に置いた。

おちよがあらかじめ詠み、師匠の季川ゆずりの流麗な筆でしたためたものだ。

これが、のどか屋の心だった。

　ふるさとの思ひ出のごと山粧ふ

　初めの句は、そう読み取ることができた。

　とりどりにあしらわれた具、その色や形、そしてなにより味に、人はそれぞれの思い出を重ね合わせる。

　人にはだれもふるさとがある。

　なつかしい場所がある。離れたくない土地がある。

　忘れがたい顔があり、思い出がある。

　そんな記憶を呼び覚ますような料理を、心をこめてのどか屋の二人はつくった。

　次の短冊が来た。

　どちらも声を発しなかった。

　頼みます、とおちよが渡し、

　分かった、と時吉が受け取る。

　言葉を交わさなくても、心は通じ合っていた。

二つ目の句は、こうだった。

日はまた昇るいま粧ひの山を見よ

おちよにしては強い調子の言葉だった。

そこにも思いがこめられていた。

日が沈み、闇が世を染めあげれば、山の粧いは見えなくなってしまう。

しかし、日はまた昇る。

朝になれば、また悦《よろこ》びの日が山肌を照らし、とりどりの色がこの世によみがえる。

今年はさまざまなことがあった。二月初めの大火で焼け出され、炊き出しの屋台を引いて一からやり直した。そして、晴れて夫婦《めおと》になり、ここ岩本町に新たなのれんを出した。

先の大火では、大事な人をなくした。多くの人が泣き、住むところをなくした。

だが、明けない夜はない。

日はまた昇る。

いまはどんなに悲しくても、必ず夜明けはやってくる。

だから、この景色をしっかりと憶えておきなさい。

いつか、もう一度、心弾む思いで、このなつかしい風景を見ることができる。

日はまた昇る。

必ず昇る。

そんな思いをこめてつくった句だった。

太鼓が残りの時を告げる。

おちよは筆を止めた。

「はい」

「間に合ったな」

「最後は、のどか屋らしく」

「なるほど、のどか屋ののれんを詠みこんだわけか」

句に目を通してから、時吉は短冊を置いた。

こう記されていた。

のどかなるのれんの向かふ山粧ふ

のどか屋ののれんを分けて外へ出ても、本当は粧いの山など見えない。

でも、のどか屋の料理を食べたおかげで、そんな景色が見えるような気がする。いままで見ていた景色が、ほんの少しだけ変わって見える。

そういう心がなごむ料理をつくることを、時吉は念じていた。

「今度は、こういう山が見える場所もいいな」

額の汗をぬぐい、時吉は言った。

悔いはなかった。

のどか屋ののれんは取られてしまうだろう。勝つことは万に一つもないだろう。

それでも、心までは取られまい。いや、取らせまい。

だから、いずれまたどこかでやり直せばいい。

「ええ、ついていきます。どこへでも」

おちよが笑ったとき、最後の太鼓が鳴った。

味くらべの料理づくりが終わった。

四

二度目の舌だめしは、黄金屋のほうが先だった。

「では、これより黄金の山開きとまいりましょう」

金多は細みの包丁をかざした。柄には金箔が施されている。

「ほほう、黄金の山開きとは」

「山が火を噴いたりしますかな」

「それはちと迷惑かも」

もう葡萄酒がかなり回っている。札差も医者も赤い顔をしていた。

「いざ」

わけもなく頭上で包丁を振り回してもったいをつけると、金多は玉子でできた黄金の山を切り開いた。

中からとろりと玉子汁が溶け出す。海老の赤みもほんのりとのぞいた。

「きちゃぷ」の赤い飯の上に、蘭画のごときものが描かれる。

「仕上げはこれでございます」

金多はまた怪しい瓶を取り出した。

「なんでしょうな、あれは」

「さうすでしょうか」

「緑色をしておりますぞ」

「野菜を乾燥させたもののように見えますが」

浄庵が鼻眼鏡に指をやった。

「ご明察でございます。これは阿蘭陀芹《おらんだぜり》、『ぱあすり』とも申すものです。仕上げに振ると……ほれ、このとおり、鮮やかな緑の葉が黄金の山に降りしきります。ははは」

金多は破顔一笑した。

「なるほど、『ぱあすり』か」

「やられましたな」

「早く取り分けてくれんか。よだれが出そうだ」

「鶏に帆立に海老。のどか屋とは違って精がつきそうです」

「口上はそのへんで」

札差がせかせた。

「かしこまりました。それでは、舌でもお楽しみくださいませ」

金多は包丁を刀に見立て、ゆっくりと鞘に収めるしぐさをした。

お運びの娘たちが小皿に取り分けて運ぶ。それも青手の九谷だ。

「……しょっぱいね、これは」

源兵衛が顔をしかめた。

「なかなか喉を通りません」

長屋の店子が小声で言う。

ただ、文句を言ってるのはその二人だけだった。

「いやはや、口福口福」

「『きちゃぷ』と『臼田さうす』で味付けた飯がいくらか濃いようですが、玉子と交ぜて食すとちょうど按配がよくなります」

「男女《なんにょ》が交合するがごときですな」

「うははは、うまいことを」

うしろ盾の二人は機嫌のいい笑い声をあげた。

札差も医者も多忙な日々を過ごしている。もっとも、そのほとんどが蓄財に励むための働きだった。

助金屋は本業のほかに出合茶屋や引手茶屋などをたくさん持っている。もうかるものであればなんでも手を出して金を貯えようとする。黄金屋の娘たちも、ほとんどが助金屋が茶屋のたぐいから調達してきた者たちだった。

医者も一つ穴のむじなで、富める者のかかりつけになって法外な薬代をせしめるだけでは飽き足らず、息のかかった座頭や脇質などを存分に使って高利の金貸しも行っていた。さらに、貧しい者を巧みに陥れて借財を負わせ、鵜《う》のごとくに操ってむやみに利をむさぼっていた。

多忙な二人にとっては、こういった味くらべのような趣向がたまの息抜きの場になっている。

「やはり、葡萄酒に合う料理じゃなくてはねえ」

札差の皿は早くも空になった。

「帆立などの具も葡萄酒で蒸しておりますな。このふわっとくる香りがたまりません。……おっと」

医者は落ちそうになった鼻眼鏡をあわてて押さえた。

ほかの客たちは黙々と口を動かしていた。例の浪人は、どこへ行ったのか、いつのまにか姿を消していた。

一部の好評のうちに、黄金屋の舌だめしは終わった。

「では、味くらべのしんがりでございます。のどか屋の『山粧ふ』をとくとご賞味くださいませ」

仕切り人がにこやかに言った。

時吉の口上は短かった。

「思い、をこめて、つくらせていただきました。ふるさとの山などを思いながら、お召し上がりくださいまし」

そう言って、深々と頭を下げただけだった。

「思い、ねえ」

皿を見て、札差が苦笑いを浮かべた。

「句の短冊がついておりますが」

医者が指さす。

「はは、字を食べるわけにはいきませんからなあ」

「まことに」

助金屋も浄庵も、まともに読もうともしなかった。

だが、源兵衛は違った。

「『のどかなるのれんの向かふ山粧ふ』……」

前に出された大皿の短冊にしたためられていた句を声に出して読み、感慨深げな面持ちで箸を動かしていた。

「どういうことです？　家主さん」

仮名しか読めない店子が問う。

「のどか屋さんの……」

と、時吉とおちよのほうを見てから、源兵衛は言った。

「のれんをあけて見世の中へ入ったら、きれいな紅葉に彩られたこんな山みたいな料理が出てくる。そういうことさ」

俳句の詠み手の考えとは違っていたが、もちろん何も言わなかった。

それでもいい。

いえ、その読み解き方のほうがいいかもしれない。

おちよはそう思った。

「なるほど……。『の』って書いてあるあののれんを見たら、たしかにのどかな感じになりますからね」

店子は得心がいったような顔つきになった。

「それにしても、うまいねえ。炒ったそうめんも、五目寿司も」

源兵衛が感に堪えたように言った。

「どの具にもちゃんと仕事がしてありますから」

「切り方も、味もいい。いろんなやつがいるからこそ、長屋はにぎやかになる。毎日、話の花が咲いて笑い声が響く。それと同じようなもんだ」

「じゃあ、おいらは干瓢あたりで」

と、平たいものをつまむ。

「この味はなかなか出せないぞ」

「なら、高野豆腐でいいや」

その一角だけが喜んでいた。

上座に陣取った二人は苦笑いを浮かべていた。

「せいぜい箸休めですな」

「なんとも華のない料理ですなあ。貧乏臭い」

「こりゃどうも、目新しさが一つもありません」

黄金屋のうしろ盾たちは、のどか屋が思いをこめてつくった料理を一笑に付した。

舌だめしは終わった。

判じ手の旗は、花野のときと同様に二つに分かれた。残るは客の挙手のみだ。

審判ということになっている浄庵が、二つののれんを前に置いた。

「勝ったほうが、負けた見世ののれんを好きにする。それでいいね？」

「焼くのは火が剣呑なので、包丁できれいにさばいてやりましょう」

もう勝った気で、金多が高い声を発した。

「では、泣いても笑っても、これで終いです」

仕切り人が前へ一歩進み出た。

「のどか屋の勝ちと思われる方は、お手をお挙げください」

源兵衛と店子が手を挙げる。

「ほかにございませんね。さきほどより、さらに一人減りました」

笑いがわいた。

「それでは……問うまでもございませんが、黄金屋の勝ちと思われる方」

さっと残りの手が挙がった。審判役の浄庵まで挙げていた。

「黄金屋の、勝ち！」

医者から金多の手へ、のどか屋ののれんが渡った。

小袖の裾を直すと、金多はうやうやしくのれんを受け取り、時吉とおちよのほうを向いた。

「大変にありがたいものを頂戴いたしました。どうか心置きなくこの町をお離れくださいまし」

皮肉っぽい口調で言う。

「恥を知りなさい、恥を」

おちよが憤然として言った。

「恥？　それはお負けになったのどか屋さんが感じることでは？」

「いや、おまえだ」

時吉がすぐさま言った。

「おまえに料理の腕があることは認めよう。舶来の物を巧みに使い、目新しい料理をつくる才にも長《た》けている」

「痛み入ります」

「だが、うしろ盾がいなければ、仕入れも何もできまい。おまえのうしろ盾は、醜く私腹を肥やしているやつらだ。江戸の民から搾《しぼ》り取った金でぜいたくに暮らしている連中にいやらしい愛想をふりまき、歓心を買う料理ばかりつくっている。その恥を知れ、と言ってるんだ」

「ほほう。やっかみもほどほどにしてもらいたいですな」

金多の口調が変わった。

「やっかみですって？　あんたなんかをやっかむはずがないじゃないの。あこぎなことばかり考えて、困っている人からさらにお金を搾り取ってるそこの藪医者なんか、うちの客じゃないからね。塩をまいて、帰ってもらうから」

おちよがたんかを切った。

「こっちから願い下げだ。貧乏臭い見世なんぞ」

浄庵が声を荒らげる。

「まあ、負け犬の遠吠えはそのあたりにしていただいて、そろそろのれんを成仏させてあげましょう」

金多が身ぶりで示すと、小姓が小走りに近づいて包丁を渡した。

「のどか屋もこれかぎり。南無阿弥陀仏、南無阿弥陀仏……」

念仏を唱えてから、金多は包丁を構え、のれんを一気に切り裂こうとした。

そのとき、黄金屋の表で人の気配がした。

あわただしい足音が近づく。

そして、声が響いた。

五

「待った！」

勢いよく飛びこんできたのは、黒塗りの陣笠をかぶった武家だった。

そのうしろから、物々しいいで立ちをした男たちが続く。

「何だ、おまえは」

助金屋が立ち上がった。

酔いのせいで、足元がふらつく。

「わが名は、安東満三郎《あんどうみつさぶろう》。密命により参上した」

そう名乗った男の顔には見憶えがあった。

あの浪人だ。

黄金屋の回し者とばかり思いこんでいた男が、見違えるような恰好で陣頭に立っている。時吉もおちよも息を呑んだ。

「み、密命？」

金多はにわかにうろたえた。

「何の用だ。まるで捕り物みたいな……」

浄庵の顔におびえの色が浮かぶ。

「捕り物だ」

医者の言葉をさえぎって、安東満三郎は言った。

「川上浄庵、助金屋弥左衛門、黄金屋金多、並びにその一味。ご禁制の阿芙蓉《あふよう》の使用のかどで召し捕らえる。神妙にせよ！」

号令一下、捕り手がいっせいになだれこんできた。

「御用だ」

「御用！」

町方もいれば、火付盗賊《ひつけとうぞく》改方《あらためかた》とおぼしい者もいる。その寄り合い所帯の捕り手を、「密命」によって動いていたらしい安東満三郎が率いていた。

黄金屋の中は、蜂の巣をつついたような騒ぎになった。

名の挙がった三人ばかりではない。娘たちも容赦なく引っ捕らえられていた。そこここで悲鳴が響く。

「わ、わたしは川上浄庵だぞ」

医者はもつれる足で逃げようとしたが、なにぶん葡萄酒の酔いが回っている、いともたやすく捕まった。

「この助金屋に何をする。金を返してからにしろ」

札差は両手を広げて抗《あらが》ったが、問答無用だった。ただちに捕らえられ、後ろ手に縛りあげられた。

「先生がた、お願いします！」

金多が声を張りあげた。

奥の戸が開き、凶相の男が二人、勇んで出てきた。

すでに抜刀している。

時吉はおちよを奥の無事なところへやると、素早く厨から杵《きね》を取ってきた。大鍋をかき回すために用いる道具だ。

ほおに深い傷のある用心棒の前に立ちはだかる。

そして、凜《りん》とした声で言った。

「おまえは質屋の女房を殺したな」

図星だった。

男のほおが微妙に引きつった。咎人である証しだ。

「どけ。たたき斬ってやる」

そう言うなり、傷持ちは真っ向から斬りこんできた。

剣筋は見えた。

時吉はすばやく横へ動いてかわした。

たたらを踏んで向き直った凶相の男の額へ、鋭く踏みこんだ時吉は思うさま杵を打ちすえた。

怒りの一撃だ。

「うっ……」

用心棒は額を押さえてよろめいた。

「御用だ」

「御用！」

たちまち捕り方が囲む。

「安東様、この男は萬屋という質屋に押し入って女房を殺した。よくよくお取り調べ願いたい」

時吉がよく通る声で告げると、

「心得た」

と、歯切れのいい声が返ってきた。

捕り物は続いた。

医者と札差に続き、黄金屋金多もお縄になった。ほどなく、もう一人の用心棒も取り押さえられた。

客も取り調べられることになったが、源兵衛と店子はのどか屋の二人が身元の証しだてをしたため、晴れて放免となった。

「驚いたねえ。あの連中、阿芙蓉をやってたとは……」

その源兵衛が言った。

阿芙蓉とは、のちに阿片《あへん》と呼ばれる麻薬だ。医者と札差が結託して大量の阿芙蓉を江戸に運び入れていることを、ひそかに探っている者がいたのだった。

それがあの浪人風の男、安東満三郎だった。

「まことに相済みません。あたし、てっきり黄金屋の回し者だと思っていて」

捕らえられるべき者たちがすべて引き立てられ、一段落ついたところで、おちよが言った。

「なに、そう思うのも無理はない。いずれまた浪人に身をやつして、のどか屋ののれんをくぐることにしよう」

安東満三郎は白い歯を見せた。

「ときに、安東様は甘いものを好んで召し上がられるのでしょうか。焼きかすていらがずいぶんとお気に召したようですが」

「あ、そういえば、あのときも『この見世じゃ、甘いものは?』と訊かれたような」

時吉がたずねた。

おちよも和す。

「おれの名を約《つづ》めれば、安満《あんみつ》になる。それかあらぬか、甘いものには目がなくてな」

「まあ、それはそれは」

「では、次に見えるときには何か甘いものをお出しできるようにいたしましょう」

のどか屋の二人は笑顔で言った。

「それはありがたい。大きな声では言えぬが、おれはこういった隠密仕事をしている。さしずめ、『あんみつ隠密』だ。では、これにて御免」

さっときびすを返すと、「あんみつ隠密」と名乗った不思議な男は風のように去っていった。

「ようございましたね」

ややあって、源兵衛が時吉に歩み寄った。

その手には、のどか屋ののれんが握られていた。

「おかげさまで」

時吉が一礼して受け取った。

「ありがたく存じます」

おちよはいくらかうるんだ目でのれんを見た。

「この町には、のどか屋ののれんが似合うよ」

家主がしみじみと言った。

「黄金屋でただの呑み食いをしていた連中も、こたびの思わぬ捕り物で目が覚めただろう。きっと客は返ってくる」

「そうなればありがたいんですが」

「なるさ。ほれ、のれんも喜んでる」

人情家主は、のれんの「の」の字を指さした。

それは、笑っているように見えた。

第八章　餡蜜白玉豆腐

一

「毎度、ありがたく存じます」

おちよの明るい声が響いた。

「ありがたく存じました。またのお越しを」

時吉も厨から声をかけた。

ちょうど大工衆を見送るところだった。

しばらくのどか屋ののれんをくぐっていなかった男たちは、いくぶん引けた腰で、菓子折りを手にして入ってきた。わざわざ銀座四丁目の大坂屋まで出向いて買ってきた練り羊羹《ようかん》だ。

そして、以前と同じように座敷でひとしきり呑み食いをして、日が落ちる前に引き上げていった。

「やっぱりのどか屋だね」

「黄金屋でさんざん悪いものを食っちまったからよ。いい厄落としになったぜ」

「まったくだ。娘らにもご禁制の阿芙蓉を吸わせてたとはねえ。とんだ料理屋じゃねえかよ」

「おらぁ、端《はな》からうさん臭いと思ってたんだ」

喜んでただの呑み食いをしていたというのに、大工衆は調子のいいことばかり口にしていた。

「どうぞ、これからもごひいきに」

黄金屋に入り浸っていたことはさらりと水に流して、おちよは腰をかがめ、笑顔で見送った。

「おう。こちらこそ」

「おれらもちいとばかし灸《きゅう》を据えられたような気分さ」

「今度はただの呑み食いには飛びつかねえぞ」

「どうだかな。おめえがいちばん食ってたじゃねえか」

そんな調子で、大工衆はにぎやかに去っていった。

檜の一枚板の席には、季川と子之吉がいた。

「さて、と。鯛をもう一皿、いただこうかね」

隠居が言った。

「わたしは、できましたら香りのいい飯のほうを」

質屋のあるじが穏やかに言う。

「承知しました」

座敷にはまだ客がいた。

職人衆が三人、ずっと腰を落ち着けて呑んでいる。

「松茸飯、まだいけるかい？」

そこからも声が飛ぶ。

「はい、今日は幸い、ずいぶんと入ったもので」

「そりゃありがたい。秋の食い納めだからな」

「おいらもくれ。それと、酒を」

職人の一人が銚釐《ちろり》をかざして振った。

「あいよ」

大工衆を見送ったばかりのおちよが、戻るなり打てば響くように答えた。

のどか屋にはかつてのにぎわいが戻っていた。おかげで、食材も憂えなく仕入れられるようになった。

今日は海と山の幸に恵まれ、時吉の思うとおりの料理を出すことができた。

まずは、かき鯛《だい》だ。

鯛の身を三枚におろし、その半身をさらに背と腹に切り分ける。これを、「節に取る」という。

皮が付いたままの鯛は、目打ちで尾のほうをしっかり留める。そして、包丁の先を用いて、ていねいに身をかき取っていく。「かき鯛」と呼ばれるゆえんだ。

かき取った身は、重ねて器に盛り付ける。これだけでは生身の体だけだから、少しずつ衣を着せていく。

鯛の身が白いので、付け合わせには茹でた岩海苔の黒を添える。薄焼き玉子の黄色も控えめに置く。

味の衣もまとわせる。鯛の身の上から煎酒を回しかけ、溶いた芥子《からし》を添える。芥子を、とつけて、そのまま食せば、えもいわれぬ味が口中《こうちゅう》に広がる。

「こりこりして、うまいね」

二皿目のかき鯛を食した隠居が表情を崩した。

「ありがたいことに、活きのいい鯛が入ったもので。こういうときは、なるたけ料理人の我を出さずに素直に成仏させろ、と師匠から教わりました」

「いい教えだ」

その師匠の長吉は、こたびの首尾をおちよから聞いて、こう言ったらしい。

「お天道様はちゃんと見てくれてたな。神様に返《けえ》してもらったようなのれんだ。大事にしな」

むろん、そのつもりだった。

一度はあきらめた、この町に出すのどか屋ののれんだ。再び見世先にかけると、やらねばという気が満ちてきた。

「お待ち」

今度は子之吉に松茸飯を出した。職人衆にはおちよが運ぶ。

今日、何度目かの炊きあがりだった。これも凝った細工はいらない。香りのいい松茸を存分に入れて炊けばいい。

嚙み味を変えるために、薄い油揚げを入れる。仕上げに、茹でた三つ葉の軸を散らす。細工はそれだけでいい。

味付けは、だしと醤油と酒。ほかには何もいらない。

「……うまい」

寡黙な男が口に入れてうなった。

家主の源兵衛が町方の役人から聞き込んだところでは、やはりあの傷持ちの用心棒が咎人だったらしい。萬屋の女房のおよしを殺《あや》めた憎き仇だ。

ほおに傷のある男はほかにもいるだろうし、普段は黄金屋の奥の部屋にいて夜しか外に出ない。質屋と同じ町内でも案じることはあるまいと高をくくっていたようだ。

しかし、時吉の勘ばたらきは見逃さなかった。

召し捕られた用心棒は、厳しい責め問いにかけられた。初めは白《しら》を切っていたが、重い石を抱かせられると、痛みにたまらず洗いざらい白状した。

たまたまあのときは黄金屋の用心棒をつとめていたが、もともとは川上浄庵の息のかかった男だった。おもに借金の取り立てを行っていたらしい。

そのほかにも、もぐりの脇質としてさまざまなあくどいことに手を染めていた。人を殺めることも平気で、手にかけられたのは質屋の女房ばかりではなかった。

そのもろもろの恨みが、ようやく晴らされることになった。

「およしさんも、これでちっとは浮かばれるね」

隠居が酒を注いでやった。

「はい……せがれも、いっちょまえにそんなことを言ってました」

「はは、そりゃ頼りになる」

「『質屋は三代続かず』なんて言われますが、この先もまっすぐなあきないをして、息子に継がせたいと、素直に思うようになりました。そうすれば、およしもなおのこと浮かばれるんじゃないかと」

子之吉はそう言って、また松茸飯を口に運んだ。

「そりゃ、いい料簡だ」

いくぶん目を細くして、季川は盃を干した。

座敷の職人衆は上機嫌で呑み食いしていた。

「松茸飯なら、いくらでも胃の腑《へ》に入るな」

「またあしたから稼がなきゃ」

「稼ごうっていう気も出てくるぜ、のどか屋の飯を食ったら」

競うように箸が動く。

「それにしても、万事うめえことできてるな」

「何がだい」

「松茸飯を食うと、鯛が恋しくなる。秋刀魚《さんま》の煮付けも、芋田楽もまた食いたくなってくる」

「おめえがそんなことを言うから、こっちも食いたくなってきたじゃねえか」

「その分は持てよ」

「なんで持たなきゃいけねえんだよ」

そこでおちよが時吉の顔を見た。

目と目で話が通じた。

「それでは、芋田楽を一皿ずつ、こちらでお持ちいたしましょう」

時吉が言った。

「えっ、ただかい？」

「悪いな」

「どこかの見世と違って、一皿だけですけど」

おちよが笑った。

時吉はさっそく芋田楽をつくりはじめた。

『甘藷《かんしょ》百珍』では「絶品」に分類されている一品だ。

と言っても、むやみに手の込んだ料理ではない。芋を蒸し、ほどよく切って串に刺す。それに味噌を塗って軽く焼き目をつけ、木の芽や山椒や山葵《わさび》などを添えるだけだった。

これが、うまい。

芯から蒸された甘藷の甘みと味噌の香ばしさが絶妙に溶け合っている。ゆえに、薬味も活きる。

「それにしても、いい幕引になったね。子之吉さんと幸吉さん、二人の仇が同時に討たれたわけだから」

隠居が言った。

幸吉はおととい、のどか屋ののれんをくぐってくれた。

川上浄庵と助金屋が召し捕られた件は、かわら版の恰好のえじきになった。その捕り物の場にのどか屋もいたことを知った幸吉が礼を言いにきたという次第だった。

「近々、また見世を開けるそうです。玉子焼き飯を看板にしてね」

時吉は鍋を振るしぐさをした。

「そりゃあ、いい。そのうち食いに行くことにしよう」

「わたしもそのつもりです。しばらくは腕に磨きをかけて、満を持してのれんを出すそうですから、さぞやうまい焼き飯を食べられますよ」

「ずっと夫婦でつくりあげてきた味だからね」

隠居はしみじみと言った。

座敷の職人衆はおちよが相手をしている。やはり捕り物の話がもっぱらだった。

「それにしても、黄金屋の娘がみんな阿芙蓉を嗅がされてたとはねえ」

「道理で目がとろんとしてたわけだ」

「おいらに気があるのかと思ってたんだが、とんだ見立て違いだったな」

「んなわけねえだろうが。てめえのつらを見な」

そんな調子だ。

阿芙蓉をどうやって手に入れたかについては、網をたぐればたぐるほどに魚が掛かってくるような按配だった。異国の事情に通じたあきんどばかりでなく、どうやら長崎奉行所の役人も深く関わっていたらしい。

助金屋は浄庵からもらったと言い張り、逆に医者は札差から融通してもらったと証し事をした。互いに罪をなすりつけあう醜さだが、黄金屋金多も含めて厳罰は免れないところだった。

ことに川上浄庵は、たたけばいくらでもほこりが出てきた。証文に判をつかせて理不尽な借金を負わせるやり口が明るみに出るや、江戸の民の憤激は募った。診療所にはあまたの石が投げつけられ、弟子たちは四散してだれもいなくなった。

証文を盾に取って金をむしり取るあこぎなやり口が、逆に浄庵の首を絞めることになった。あくどい金もうけの証しになるものがおおむね残っていたのだ。これなら死罪は免れまいというもっぱらのうわさだった。

助金屋は死罪まではむずかしいかもしれないが、営々と貯めてきた富をすべて没収されるのは致し方のないところだった。黄金屋金多とともに遠島処分になるだろう、というのがもっぱらの見方だ。ぜいたくに慣れ親しんだ身にとっては、ある意味では死罪より厳しい罰だった。

ややあって、芋田楽ができた。

「おお、来た来た」

「てへへ、味噌の焼ける香りがたまらねえぜ」

「のどか屋さんのただは掛け値なしだからねえ」

そろいの印半纏《しるしばんてん》をまとった職人衆は、すぐさま田楽の串に手を伸ばした。

日は徐々に西に傾いてきた。

その茜の光を受けて、のどか屋ののれんの藍がよみがえる。

「では、そろそろせがれが寺子屋から戻ってきますので」

子之吉が腰を上げた。

「そうかい。なら、また来てやっておくれよ」

隠居が声をかけた。

ずっと呑みづめというわけではない。酔いがまわりすぎないように、いまは茶に変えていた。

「息子さんに折詰でもいかがでしょう。持たせていただきますので」

時吉が言った。職人衆にだけふるまうわけにはいかない。

「そうですか……それは申し訳ないことです」

「どうか遠慮なさらず。いくらでもお持ちください」

おちよも声をかけた。

「では。お言葉に甘えて、松茸飯と秋刀魚《さんま》の煮付けを。せがれの卯之吉が魚の煮付けを好みますもので」

質屋のあるじはそう言って、客に対するかのように頭を下げた。

秋刀魚の煮付けは、朝早くに仕入れてからすぐさま仕込みにかかった。なかなかに手間のかかる料理だ。

尾と頭を落として六つに切った秋刀魚は、棒に切った生姜を入れて煮る。初めは水と酒と酢だけだ。

水を足しながらことことと煮詰めていくと、秋刀魚の背骨がしだいにやわらかくなっていく。ここで醤油と味醂を入れ、味を染みこませていく。

下茹でに手間をかけたおかげで、秋刀魚の臭みはなくなり、骨までやわらかくいただくことができる。

もっと手間をかけるのなら、味があらまし染みこんだところでひと晩おき、仕上げを翌朝に持ち越す。

ただ、のどか屋には食い意地の張った猫がいる。前にも寝ているあいだにやまとに悪さをされたことがあったから、蓋と重しをするとはいえ、魚の煮付けを寝かせておくわけにはいかなかった。

とにもかくにも、海の幸に手を合わせたくなる一品がすでに仕上がっていた。

その秋刀魚の煮付けと松茸飯を按配よく合わせた、のどか屋自慢の小さな折詰ができあがった。

「毎度ありがたく存じます」

「では、次の休みにまた寄らせてもらいます」

「お待ちしております」

「お気をつけて」

のどか屋の声に送られて、包みを手に、子之吉は萬屋へ戻っていった。

二

ほどなく職人衆も腰を上げると、のどか屋の客は隠居だけになった。

「こういう凪《なぎ》みたいなときもあるね。なんだか黄金屋のせいで閑古鳥が鳴いてたころみたいだが」

季川はそう言ったが、さほど間を置かずに次の客が入ってきた。

「あら」

「これはこれは、安東様」

時吉が名を呼ぶと、安東満三郎は唇の上に指を一本立てた。

「いまはただの浪人だ。その名では呼んでくれるな」

「でも、浪人でも安東様は安東様でございましょう？」

「ただの『あんみつ』でいいや」

にやりと笑うと、縦縞の着流し姿の男は一枚板の席に座った。

「ついさっきまでは、ずいぶんとお客さんに来ていただいてました」

安東がいぶかしそうに見世の中を見ていたから、おちよが先んじて言った。

「そうかい。そりゃなにより」

「あんみつの旦那、御酒は？」

「おう、その呼び方でいいや。とろっとした甘口はあるかい？」

「ございます」

「なら、燗で」

「承知しました」

「あたしがつけますので」

おちよが笑みを浮かべた。

「旦那は、よろずに甘いものがお好きなんですかい？」

季川が問いかけた。

「どういう因果か、甘いものには目がなくてな」

「酒の肴にも甘いものとか」

「おう。餡蜜でも酒が呑めるのは、なかなかいないかもしれねえ」

「ははは、そりゃ珍しい」

笑いの花が咲いた。

一枚板の主のような隠居だ。初めて相席になる客でもすぐ打ち解ける。

「酒の肴ですが……秋刀魚の煮付けは残っておりますが、旦那にはちと辛いかもしれません」

時吉が言うと、安東はにやりと笑って、

「ほんに因果な舌で、甘けりゃ甘いほどいいんだよ」

と答えた。

「分かりました。そのうちお見えになるんじゃないかと思って、仕込みはしてありました。

「なじみのお豆腐屋さんが、うちののれんが続くお祝いにと、変わったお豆腐を届けてくだすったんです。……はい、甘口のとろりとした御酒でございます」

おちよは燗徳利を運び、初めの一杯を注いだ。

「おう、ありがとよ。で、その豆腐も甘口なのかい？」

安東はややけげんそうに問うた。

「それは食べてのお楽しみで」

時吉はおちよと相談してつくった甘いものの段取りを始めた。

なじみの豆腐屋とは、例の「結び豆腐」で縁ができた相模屋《さがみや》だった。

届けてくれたのは、売り出したばかりの白玉豆腐だ。

にがりを加えたものを棒状にかためてから蒸すと、白玉みたいにもちもちっとした食感になる。大豆のほのかな甘みも伝わってくる。

これだけを羊羹のように切って、砂糖醬油につけて食べてもいい。そんなに甘くせず、逆に芥子醬油にするのも手だ。

しかし、お出しするのは焼きかすていらに葡萄酒をかけたものをうまそうにほおばっていた男だ。ここは一つ、なるたけ甘くしてやろうと時吉は考えた。

白玉豆腐を切って、皿の上に見栄えよく重ねながら並べて輪を描く。その真ん中に据えるのは粒餡だ。

これだけでも十分に甘いが、さらに黒蜜をかけ、念を押すようにきなこを振りかける。甘いもの好きにはたまらない一品になるはずだった。

「うめえ」

案の定、安東は相好《そうごう》を崩した。

「いやあ、こりゃ酒の肴にもうってつけだねえ」

そんなことを口走ったから、隣の隠居が思わずすべるようなしぐさをした。

このうえなく甘い料理を食しながら、甘口の酒を呑む。ずいぶんと変わった男だ。

その酒が回ってきたところで、時吉はいくらか声を落としてたずねた。

「ときに、あんみつの旦那。あのときは隠密仕事をしている『あんみつ隠密』だと言っておられましたが」

「そりゃ気の利いた地口だね」

と、隠居。

「てことは……おつとめは御庭番《おにわばん》でしょうか」

おちよも声をひそめてたずねた。

「まさか。御庭番ってのは上様からじきじきに隠密御用を賜るつとめだ。なかにはご老中の命《めい》を受けることもあるがな。目安箱に御家騒動にまつわるこんな投書があったゆえ、その方、真偽を調べてまいれっていう寸法だ。そんなわけで、話が外へ漏れないように、平生は囲いの中の長屋に押し込められてる。御用がないときは、ずいぶんと窮屈なつとめらしいや」

あんみつ隠密はそう言って、とがった長いあごに手をやった。

「御庭番だったら、こうやって小料理屋へ来ることもできませんものね」

おちよが酒を注ぐ。

「そのとおり。かといって、町方の隠密廻りでもない」

「あのとき率いておられたのは、町方と火付盗賊改方の寄り合い所帯のように見えましたが」

時吉は捕り物を思い返して言った。

「なにぶん自前の手下《てか》が少ないもんでね。いざ大掛かりな捕り物となると、ほうぼうへ手を回して段取りをつけなきゃならない。そのあたりがずいぶんと骨だ」

「ますます謎めいてきましたね。で、旦那の役職は?」

隠居が本丸に斬りこんだ。

いくらかためらい、盃を呑み干してから、安東は言った。

「これからしゃべることは、ただの『おはなし』と思いねえ。講釈師から聞いた、根も葉もない話だ。むろん、ここだけの話で、他言は無用だぜ」

よく見ると涼やかな目の底のほうに、鋭い光が宿った。

「それはもちろん」

「大事なお客様の秘密ですから、絶対に口外はいたしません」

のどか屋の二人は声をそろえた。

「わたしはこう見えても口が堅いほうでね。それに、老い先短い身、そのうち墓場へ入ってしまうよ。はは」

隠居は冗談めかして答えたが、足腰の達者ぶりは若い者にもおさおさ引けは取らない。酒にも強い。あと二十年くらいは長生きしそうな顔色だった。

「ま、もう一皿」

駄目を押すように、時吉は餡蜜白玉豆腐を出した。

それを一切れ口中に投じて目を細めると、安東はどこかふっきれたような顔つきになった。

そして、やおら自らのつとめについて語りはじめた。

「御目付の支配の一つに黒鍬《くろくわ》の者ってのがいる。上様が遊猟《ゆうりょう》などで出行されるときは、草履取りをやったり、荷物を運んだり、いろんなところへ触れを伝えたりするお役目だ。四百七十人もいて、三人の頭《かしら》が束ねてる。ま、表向きはそういうことになってるわけだ」

「ということは、裏がおありなさるんだね？」

隠居がやや前かがみになってたずねた。

「裏、っていうことでもないんだが……いや、やっぱり裏か」

半ば独りごちるように言うと、安東は話の勘どころに入った。

「黒鍬の者は三つの組に分かれてる。ところが、実はもう一つ、四番目の組があると思いねえ。黒鍬の四番目だから、略して黒四組だ。どの書き物を見ても載ってない、まぼろしの組だな。その黒四組のかしらが……」

安東はおのれの胸を指さした。

「なるほど。その黒四組が隠密仕事をされていると」

時吉はうなずいた。

「隠密と言っても、御庭番みたいな物々しいやつじゃねえ。だから、こうして呑み歩いたりできる」

また盃を干し、安東は続けた。

「さりとて、町方の隠密廻りみたいに江戸の町場だけっていうわけでもない。必要があれば、どこへだって飛んでいく。こたびの阿芙蓉の件みたいに、江戸と長崎を往復しなきゃならないこともある。おおかたのつとめは支配と職掌がかっきりと決まっていて、その外へ出たら手出しができねえようになってる。言ってみりゃ、小回りが利かねえんだ。そのあたりの弊《へい》を破るために、知恵者《ちえしゃ》が編み出したのが黒四組ってことよ」

「へえ、そんなお役目があるんですね。ご苦労様でございます」

おちよが頭を下げた。

「でも、こたびのお励みで、ずいぶんと黒四組の名が挙がったことでしょう」

隠居が持ち上げたが、安東は乗ってこなかった。

「名が挙がるも何も、端《はな》からまぼろしの組なんだから。ほかの三組と違って手下の数も限られてるので、いざっていうときはよその手も借りなければならず、なにかと苦労が絶えねえ」

あんみつ隠密は束の間浮かぬ顔になったが、すぐ表情を和らげた。

「でも、よ。まぼろしだから風のように動けるのが取り柄だ。おかげで、こうして町の小料理屋でうめえものが食える」

と、黒蜜をたっぷり浸した白玉豆腐を粒餡とともに口に運んだ。

「それでは、今後ともどうかごひいきに」

「また新手《あらて》の甘いものをご用意して、お待ちしておりますので」

のどか屋の二人が笑顔で言った。

「あきないがうめえな」

その高くなった声をどう聞いたものか、座敷でくつろいでいたのどかが「みゃあ」とないたから、のどか屋に和気が満ちた。

「なら、またふらりと寄らせてもらうぜ。ちょいと野暮用があるもので」

安東はあわただしく盃を干してから席を立った。

「皿までなめたいところだが、ちいとそれは行儀が悪い」

「どうぞおなめください」

季川が皿を示す。

「ま、指ならいいだろう」

皿に残った黒蜜を指でかき寄せ、口に入れてなめると、安東はまたどこか憎めない笑顔になった。

三

寝息が聞こえる。

せがれの卯之吉は寝てしまった。

のどか屋の折詰を夕飯に与えたところ、卯之吉はひと口ごとに「うまい」と言って喜んでいた。

早めに床に就いたのだが、妙に頭の芯が冴えて寝つかれなかった。萬屋の子之吉はまぶただけを閉じ、さまざまなことを思い巡らせていた。

せがれが折詰を食べているときも思った。

ここにおよしがいたら、さぞ喜んだことだろう。

その笑顔までありありと浮かんだが、およしはいない。

墓には知らせた。

(のどか屋さんが、仇を討ってくだすったぞ。

おめえに痛え思いをさせた悪党は、召し捕られて打ち首になる。

成仏しな、およし。

あの世から、卯之吉の成長を見守っていてくれ。

もう萬屋に災いが降りかからないように祈っていてくれ。

おれも遠からずそっちへ行く。

それまで、寂しかろうが待っていてくれ、およし)

死に別れた女房に向かって、両手を合わせ、子之吉はそう語りかけていた。

もうすぐ月命日になる。

木枯しが吹くかもしれないが、今度はせがれとともにあいつの墓へ参ることにしよう。のどか屋の弁当を持って。

そう思うと、張っていた気がいくらか和らいだ。

ややあって、子之吉がうとうとしかけたとき、布団がいくらか重くなった。

胸の上で、ゆっくりと動く。

「よし」だ。

目を閉じていても分かった。

ふみっ、ふみっ……。

猫が前足を交互に動かし、布団を優しく踏んでいる。

ふみっ、ふみっ……。

その感触が心地よく伝わってきた。

子之吉は手を布団の外に出し、猫のほうへ伸ばした。

「よし」

声に出して呼ぶ。

背中をなでてやる。

「夜は冷えてくるぞ。中へ入れ」

そう語りかけると、思いが通じたのかどうか、のどか屋からもらわれてきた子猫は布団の中へそっと滑りこんできた。

ごろごろと喉を鳴らす。

さらになでると、子之吉の鼻の頭をぺろりとなめた。

「よし」

かつて女房に言ったように、子之吉は語りかけた。

その名を呼んだ。

「おれの胸にいろ」

およしがまだそこにいるかのように、吐息を含んだ声で言う。

「ずっと、胸にいろ……」

そこで言葉にならなくなった。

猫が喉を鳴らす。

(分かったわ、おまえさん)

そう告げるように、「よし」はもう一度鼻の頭をなめた。

同じころ――。

豊島町の一角にある小体《こてい》な見世では、幸吉がまだ厨で鍋を振っていた。

ずいぶん腕が疲れてきたが、あさってには見世ののれんを出す。それまでに、焼き飯の味と段取りをしっかりと決めておかなければならない。

焼き飯づくりは、時と火との戦いだ。

特別にこしらえてもらった深めの鍋に胡麻油を敷き、まずは海老などの火の通りにくい具を炒める。

具はいったん取り出しておき、続いて溶いた玉子を鍋に流しこむ。玉子がふわっとふくらみ、半ば火が通ったら飯を入れ、さっと塩を振って手早く交ぜる。

玉子と飯がなじんだところで再び具を投じ、さらに刻んだ長葱や香の物などを加えて鍋を振る。

味付けは醬油と酒。最後に塩で味を調え、焼き飯の一粒一粒がぱらりと仕上がったらできあがりだ。

そのあいだ、火はずっと強くなければならない。弱まってきたら、左手で団扇を激しく動かすのが大事だ。

両の腕が始終動きづめになる料理だった。豆絞りの手ぬぐいがあっと言う間に汗まみれになってしまう。

座敷には焼き飯の皿が並んでいた。

もうこれでいい、これ以上はうまくつくれない。

そんな焼き飯になるまで、幸吉は繰り返し励んでいた。

鍋の両脇には、さまざまな壺や深皿が並んでいた。そこに具や調味料を入れておき、お玉ですくって鍋に投じる。

わずかな加減の狂いが仕上がりに関わってくる。壺と皿の置き場所を何度も少しずつ整え直しながら、幸吉は焼き飯づくりを続けていた。

川上浄庵は召し捕られた。死罪になれば、仇は討たれる。それはありがたいことだが、おえんは帰ってこない。代わりに残ったのは、思い出多いこの見世と、人足仕事で太くなった腕だけだ。

もろもろの思いを断ち切るように、幸吉はまた腕を動かした。

鍋をあおる。

具を入れ、味付けをする。

火を盛んにする。

腕がもう一本あればと思うほどだった。

ずいぶん疲れてきた。具もおおかた尽きた。

これで終いの一皿にするつもりで、幸吉はわが身に気合を入れた。

同時に、声に出して言った。

「おえん、頼むぞ」

厨を見る。

がらんとしているその場所で、「あいよ……」とかすかな返事が響いた。

そんな気がした。

「火を頼む」

そう言うと、幸吉は鍋にさっと胡麻油を敷いた。

具を、玉子を、そして飯を炒めていく。

鍋の中から、小気味いい音と、えもいわれぬ香りが立ちのぼってくる。

仕上げに近づき、幸吉は味を見た。

塩と醤油の加減はちょうどよかった。薄からず濃からずの絶品だ。

だが……。

幸吉は短く舌打ちをした。

左手がおろそかになっていた。団扇の動かし方が甘かった。

鍋を振り、味付けをする右手ばかりに気をとられていた。

いま気づいたが、もう遅い。これでは一粒一粒までぱらりとした極上の焼き飯にはなるまい。

ほぞを嚙む思いで、幸吉は火をたしかめた。

その顔つきが、だしぬけに変わった。

火は盛んに燃えていた。鍋の底を力強くあぶっていた。

まるでだれかが見えない手で団扇をあおいでいたかのように……。

「おえん」

見えない者に向かって、幸吉は声をかけた。

「ありがとよ」

短い礼を言うと、幸吉は焼き飯を仕上げた。

あつあつを皿に盛る。

木の匙《さじ》で口に運ぶ。

「うまい……」

思わず口をついて出た。

絶品だった。

味も焼き加減も申し分がなかった。幸吉がすべての思いをこめた焼き飯が、とうとうできあがったのだ。

それに安んじたかのように、火は穏やかになった。

もう今夜は終いだが、すぐ消すのはためらわれた。まだ燃えているその火を、いま少しながめていたかった。

焼き飯を半分ほど平らげたとき、幸吉は何かに思い当たったような表情になった。

「おえん」

また女房の名を呼ぶ。

そして、焼き飯を匙に山盛りにすくい取った。

「うまいぞ、食え」

どこへともなく、幸吉はその匙を差し出した。

四

いい月が出ていた。

最後の客になった隠居を見送るところだった。

「こりゃ、提灯もいらないくらいだね。きれいな月だ」

季川が手に提げたものをちょいとかざした。

「足元が危ないですから、提灯は持たれていたほうが」

おちよが言う。

「はは、そうするよ。時さんも働きだったね、今日は」

「お客さんに来ていただけると、気が張って疲れも感じません」

のれんを手にした時吉が言った。

安東が帰ったあとも、湯屋の寅次がなじみの客とともに来てくれた。ひとしきり陽気に呑んで、呼びにきた息子にせかされていましがた帰ったところだ。

「そりゃそうだろう。料理人冥利に尽きるからね」

「はい」

「なら、師匠、お気をつけて」

おちよが礼をした。

「また寄せてもらうよ」

「あしたにでも」

「そりゃどうだかね。始終呑んでるわけにもいかないよ。……おっ」

隠居は軽く二人のうしろを指さした。

「ずいぶんとていねいなお見送りじゃないか」

「あら」

「たまたまでしょうけど」

のどか屋の二人は笑って答えた。

見世先に、ちょこんと二つ、小さな影が並んでいた。

のどかとやまとだ。

前足をそろえ、寄り添うようにして見ている。

「仲のいいことだ。飼い主に似たんだね」

「たまには喧嘩もしますが」

「はは、たまにはいいやね。なら、わたしゃこれで」

季川は手を挙げた。

「毎度ありがたく存じます」

「どうかお気をつけて」

「お休みなさいまし」

時吉とおちよは張りの戻った声で隠居を送った。

「えらかったね、のどか」

おちよが戻ると、母猫はさっそく身をすりよせてきた。

やまとは牡猫なのに、妙に時吉のほうになついている。あきない物を食べようとしてよく叱り飛ばされるのだが、それでもしばらくするとけろっとした顔で近寄ってくる。

「よしよし、いい子だ」

時吉がなでてやると、ずいぶんとひとかどの猫らしくなってきた子猫は、またひとしきり喉を鳴らした。

「あした、また」

「ああ、日はまた昇るから」

あのときのおちよの俳句を踏まえて、時吉は言った。

そして、のれんを持ったまま見世に入ろうとしたところで、ふと立ち止まった。

のれんを見る。

こんなに軽いのれんだが、いまは重みを感じた。

「どうしたの？　おまえさん」

「いや……ありがたいと思ってね」

時吉はそう言うと、月あかりがしみじみと照らす道に向かって静かに頭を下げた。

「そうね……ありがたい」

おちよも並んで礼をする。

江戸の町に向かって頭を下げる。

のどか屋に来てくださるお客さん、仕入れに携わってくれるみなさん、そして、海山の幸……。

なにもかもが、ありがたかった。

よろずのものに、心から感謝をしたかった。

日はまた昇る。

明けない夜はない。

あしたもまた、やっていける。

この町にささやかなのれんを出して、生きていける。

時吉とおちよは、ずいぶん長く頭を下げていた。

夜回りの拍子木の音が聞こえる。

時吉はのれんを持ち替え、「入るぞ」と身ぶりでうながした。

目で応えると、御恩《ごおん》の月あかりに照らされた江戸の町に向かって、おちよは笑顔で言った。

「あしたも、お待ちしています」

[参考文献一覧]

松下幸子『図説江戸料理事典』(柏書房)
川口はるみ『再現江戸惣菜事典』(東京堂出版)
日本風俗史学会編『図説江戸時代食生活事典』(雄山閣)
島崎とみ子『江戸のおかず帖 美味百二十選』(女子栄養大学出版部)
料理=福田浩、撮影=小沢忠恭『江戸料理をつくる』(教育社)
奥村彪生現代語訳・料理再現『万宝料理秘密箱』(ニュートンプレス)
原田伸男校註・解説『料理百珍集』(八坂書房)
原田信男・編『江戸の料理と食生活』(小学館)
高橋千劍破『江戸の食彩春夏秋冬』(河出書房新社)
山田順子『江戸グルメ誕生』(講談社)
『ものしりシリーズ 江戸の台所』(人文社)
白倉敬彦『江戸の旬・旨い物尽し』(学研新書)
車浮代『〝さ・し・す・せ・そ〟で作る〈江戸風〉小鉢&おつまみレシピ』(PHP)
『クッキング基本大百科』(集英社)

志の島忠『日本料理四季盛付』（グラフ社）
遠藤十士夫『日本料理盛付指南』（柴田書店）
鈴木登紀子『手作り和食工房』（グラフ社）
小山裕久『日本料理でたいせつなこと』（光文社知恵の森文庫）
中村孝明『和食の基本』（新星出版社）
『道場六三郎の教えます小粋な和風おかず』（NHK出版）
『繁盛店の最新創作料理』（旭屋出版）
監修／難波宏彰　料理／宗像伸子『きのこレシピ』（グラフ社）
『男子食堂』（KKベストセラーズ）
『復元江戸情報地図』（朝日新聞社）
稲垣史生『三田村鳶魚江戸生活事典』（青蛙房）
稲垣史生『三田村鳶魚江戸武家事典』（青蛙房）
笹間良彦『大江戸復元図鑑〈庶民編〉』（遊子館）
笹間良彦『江戸幕府役職集成（増補版）』（雄山閣）
今井金吾校訂『定本武江年表』（ちくま学芸文庫）

北村一夫『江戸東京地名辞典　芸能・落語編』（講談社学術文庫）
前田勇編『江戸語の辞典』（講談社学術文庫）
三谷一馬『江戸商売図絵』（中公文庫）
三谷一馬『彩色江戸物売図絵』（中公文庫）
長谷川強ほか校訂『嬉遊笑覧』（岩波文庫）
花咲一男『江戸入浴百姿』（三樹書房）
田村栄太郎『大江戸の栄華』（雄山閣）
西山松之助編『江戸町人の研究』（吉川弘文館）
菊地ひと美『江戸にぞっこん　風流な暮らし案内』（中公文庫）
丸山伸彦編『江戸のきものと衣生活』（小学館）
呉光生『大江戸ビジネス社会』（小学館文庫）
やきもの愛好会編『よくわかるやきもの大事典』（ナツメ社）
『現代俳句歳時記』（現代俳句協会）

時代小説
二見時代小説文庫

雪花菜飯《きらずめし》 小料理《こりょうり》のどか屋《や》 人情帖《にんじょうちょう》5

著者 倉阪《くらさか》鬼一郎《きいちろう》

発行所 株式会社 二見書房
東京都千代田区三崎町二―一八―一一
電話 〇三―三五一五―二三一一［営業］
〇三―三五一五―二三一三［編集］
振替 〇〇一七〇―四―二六三九

印刷 株式会社 堀内印刷所
製本 ナショナル製本協同組合

落丁・乱丁本はお取り替えいたします。
定価は、カバーに表示してあります。

 ISBN978−4−576−12037−9
http://www.futami.co.jp/

二見時代小説文庫

倉阪鬼一郎 小料理のどか屋 人情帖1～5
浅黄 斑 無茶の勘兵衛日月録1～14
井川香四郎 とっくり官兵衛酔夢剣1～3
江宮隆之 十兵衛非情剣1
大久保智弘 御庭番宰領1～6
大谷羊太郎 変化侍柳之介1～2
沖田正午 将棋士お香 事件帖1～2
風野真知雄 大江戸定年組1～7
喜安幸夫 はぐれ同心 闇裁き1～6
楠木誠一郎 もぐら弦斎手控帳1～3
小杉健治 栄次郎江戸暦1～7
佐々木裕一 公家武者 松平信平1～3
武田櫂太郎 五城組裏三家秘帖1～3
辻堂 魁 花川戸町自身番日記1
花家圭太郎 口入れ屋 人道楽帖1～3

早見俊 目安番こって牛征史郎1～5
居眠り同心 影御用1～7
幡大介 大江戸三男事件帖1～4
天下御免の信十郎1～8
聖龍人 夜逃げ若殿 捕物噺1～4
藤井邦夫 柳橋の弥平次捕物噺1～5
牧秀彦 毘沙侍 降魔剣1～4
八丁堀 裏十手1～3
松乃藍 つなぎの時蔵覚書1～4
森詠 忘れ草秘剣帖1～4
剣客相談人1～4
森真沙子 日本橋物語1～8
吉田雄亮 新宿武士道1
侠盗五人世直し帖1